Menschen – Macken – Morde

Renate Spiecker

Menschen – Macken – Morde

Bibliografische Information der Deutschen Nationalbibliothek:
Die Deutsche Nationalbibliothek verzeichnet diese
Publikation in der Deutschen Nationalbibliografie; detaillierte
bibliografische Daten sind im Internet über
http://dnb.dnb.de abrufbar.

© 2014 Renate Spiecker
Satz, Umschlaggestaltung, Herstellung und Verlag:
BoD – Books on Demand
ISBN: 978-3-7357-3088-6

Inhaltsverzeichnis

Dunkelziffer

Sie beobachtete ihn. Da saß er, nach vorn geneigt, mit rundem Rücken. Die Serviette hatte er um den Hals gebunden, die Zipfel standen seitlich ab. Sein rotes aufgedunsenes Gesicht war schweißnass. Er sah aus wie ein Schweinskopf in Aspik. Seine kleinen, in dicke Hautwülste eingebetteten Augen glänzten vor Lust. Vor Fresslust.

Er schlürfte die Gemüsesuppe mit Nudeln und Schmand, gewürzt mit Peperoni und Cayennepfeffer. Er grunzte beifällig.

Sie stand auf, ging in die Küche, kam zurück mit Platten und Schüsseln, mit dem knusprigen Gänsebraten, der fetttriefenden Sauce und dem schmalzgetränkten Rotkohl.

Er sah sie an, seine schöne junge Frau. Schmal wie eine Gazelle, langbeinig, schwarze Haare umrahmten ihr anmutiges Gesicht. Seine Hand glitt begehrlich über ihre Hüfte. Er tätschelte sie. Sie versuchte ihren Ekel zu verbergen, wich zurück. »Du bist wirklich ein Schatz«, sagte er. »Nie hätte ich gedacht, dass du so gut kochen, mich so verwöhnen würdest. Du – das Topmodel von Schneider und Wirtz.«

Sie musterte ihn verächtlich, er merkte es nicht. Sie ballte die Hände zu Fäusten. Sie dachte an die Zeit bei Schneider und Wirtz. Topmodel war sie gewesen, aber was hieß das schon? Stundenlang hatte sie vor Kauflustigen auf und ab marschieren müssen. Hatte die verstohlene Gier der Männer und die neidvolle Herablassung der dazugehörenden Frauen gespürt. Oh ja, auch für sie hätten die Geldsäcke etwas hingeblättert. Aber kurzfristige, bezahlte Vergnügungen wollte sie nicht. Sie wollte mehr. Sie wollte Macht und Ansehen. Und dann war er gekommen. Er war Kaufmann. Er hatte sie umworben, sie verwöhnt, mit Aufmerksamkeiten überschüttet. Ihr Traum von Reichtum und Ansehen schien greifbar nahe. Heute wusste sie es besser. Er hatte sie – nach Krämerart – genau wie seine Ware gekauft.

Nach der Hochzeit hatten Großzügigkeit und Freigebigkeit ein Ende. Der Preis für sie war gezahlt. Sie war sein Besitz. Er dachte nicht daran, in sie noch etwas zu investieren. Ihr Traum vom guten Leben, von Schmuck, Pelz, Reisen zerrann. Sie lächelte böse. Doch er würde sich noch wundern. Der Preis für sie war hoch, für ihn zu hoch. Sie sah ihn den Gänsebraten hinunterschlingen, Fett troff von seinem Kinn. Er verfärbte sich, lief bläulich an, die Adern auf seiner Stirn traten hervor. Er atmete heftig, stoßweise. Lächelnd füllte sie ein Glas mit Cognac. »Trink«, sagte sie.

Er zögerte: »Meinst du?«, fragte er. »Du weißt doch, der Arzt hat mich gewarnt. Mein Cholesterinspiegel, mein Bluthochdruck, mein Zucker …«

Sie tätschelte seine Wange und flüsterte: »Iss, Liebster, iss und trink. Du weißt doch, ich koche nur für dich, damit es dir schmeckt. Was weiß der dumme Arzt schon!«

Er lächelte beglückt und griff zum Glas, zu Messer und Gabel und aß und trank, aß und trank. Plötzlich ächzte er, griff sich ans Herz, stöhnte auf und fiel vornüber. Sauce spritzte über das Tischtuch.

Sie trat näher an ihn heran, hob seinen Kopf, sah die glasigen Augen und lächelte triumphierend. »Das war der Preis, du gieriger Krämer. Mein Preis, dein Leben«, flüsterte sie, ging zum Kühlschrank und öffnete die Tür. Sahne, Eier, Butter, Schmalz und Speck quollen ihr entgegen. Sie hatte ihr Ziel erreicht. Jetzt war sie frei und reich. Für immer. Niemand würde es je erfahren. Sie hatte ihn ermordet. Mit Sahne, Eiern und Schmalz.

Die Mondfrau

Sie wusch sich die Hände, blickte auf, sah in den Spiegel. Ein rundes, rosiges Gesicht, umrahmt von goldblonden Locken, blickte ihr entgegen. Eine zum Leben erweckte Barockputte, ein Posaunenengelchen. Sie seufzte tief. Nie würde es ihr gelingen, rank und schlank zu werden, rassig und edel auszusehen. Nie würde sie dem Typ Frau ähneln, den ihr Mann so bewunderte. Alles Fasten, alle Diäten waren erfolglos gewesen.

Aber ihre Frohnatur gewann gleich wieder die Oberhand. Sie zwinkerte sich zu und stellte fest, dass sie eigentlich doch recht attraktiv war. Ihre großen blauen Augen blitzten, ihr Teint schimmerte rosig mit dem Glanz einer vielgetragenen Perlenkette und die blonden Locken umrahmten ihr Gesicht wie ein goldener Rahmen ein wertvolles Gemälde. Sie puderte sich die Nase, griff zum Lippenstift und tupfte etwas Parfüm auf ihr Handgelenk und ihre Ohrläppchen. Dann verließ sie den Raum.

Sie ging einen langen, hell erleuchteten Flur entlang. Laute Musik und Stimmengewirr schlugen ihr entgegen. Sie sah durch die geöffnete Tür in den Saal. Hier fand, wie jedes Jahr, der Ball des Tennisvereins statt, der die Spielsaison beendete. Gelächter ertönte. Sie blickte suchend umher. Dann sah sie ihn. Ihr Herz begann schneller zu klopfen, liebevoll blickte sie ihn an – ihren Mann. Er war groß, schlank, dunkelhaarig. Sein Smoking saß wie angegossen, die Lackschuhe glänzten. Er hielt das Sektglas in der linken Hand und lächelte in die Runde, umgeben von drei, nein vier attraktiven jungen Frauen, die alle einer Modezeitschrift hätten entsprungen sein können.

Sie schritt auf die Gruppe zu und stellte sich dazu. Niemand beachtete sie. Sie schien für die anderen unsichtbar zu sein. So stand sie einige Zeit da. Tränen stiegen in ihre Augen. Sie bemerkte, wie sie sich veränderte, in Farblosigkeit versank. Ihr Teint schimmerte nicht mehr rosig. Rote Flecken breiteten sich vom Hals über ihr Gesicht aus. Sie verwandelte sich in eine blonde, dickliche Landpomeranze. Schließlich nahm sie all ihren Mut zusammen, trat neben ihren Mann und sagte leise: »Hans, ich möchte nach Hause.«

Er reagierte nicht, sondern legte nur den Arm um die neben ihm stehende Frau, die sich an ihn schmiegte. Sie trug ein eng anliegendes, feuerrotes, weit ausgeschnittenes Kleid. Schwarze, von Lackgel glänzende Haare umrahmten ihr Gesicht wie eine Kappe. Die aufgeworfenen Lippen und die vorstehenden Wangenknochen machten sie zu einer exotischen Schönheit. Sie sah aus wie die Verkörperung der Sünde. Ein weiblicher Luzifer.

Sie erkannte in der Schönheit Helma Sanders, die in letzter Zeit bei allen Festen nicht von der

Seite ihres Mannes wich. »Fahren Sie ruhig«, sagte diese jetzt und musterte sie mit kalten Augen. »Ich bringe Ihren Mann dann nach Hause.«

»Das ist eine gute Idee«, fügte ihr Mann hinzu, »fahr nur.«

Sie schluckte und wandte sich um. Sie würde also allein nach Hause fahren. Wie immer. Wie immer? Nein, irgendetwas war heute anders. Sie hatte ganz gegen ihre Gewohnheit ein wenig Wein getrunken. Sie merkte, wie Verzweiflung und Wut von ihr Besitz ergriffen. Sie ballte verstohlen die Hände zu Fäusten. Sie zwang sich zur Ruhe. Mit hocherhobenem Kopf, geradem Rücken, verbindlich nach links und rechts nickend, verließ sie den Saal. Mitleidige Blicke folgten ihr. Wie immer.

Vor der Tür des Hotels verharrte sie. Sie konnte nicht gleich nach Hause fahren. Sie war zu aufgewühlt. Sie ging um das Hotel herum und zum See hinunter. Sie zog die Schuhe aus, ging barfüßig über das nasse Gras. Es war dunkel, nur eine Mondsichel spendete ein wenig Licht. Sie ging zum Ufer. An einen Baum gelehnt, blickte sie auf den in den See hineinragenden Bootsanlegesteg. Plötzlich hörte sie Schritte. Sie sah eine Gestalt. Sie ging dicht an ihr vorbei. Sie bemerkte sie nicht, der Baum schützte sie. Sie erkannte Helma Sanders, die jetzt den Steg betrat. Sie hörte das Klicken ihrer Absätze auf den Holzbohlen. Klick. Klick. Es versetzte sie in einen eigenartigen Zustand. Wie unter

Zwang folgte sie Helma, barfüßig, lautlos. Sie ging wie eine Schlafwandlerin. Die Arme waren weit nach vorn gestreckt, als ob sie die Balance halten müsste. Plötzlich schnellten ihre Arme vor. Ein Stoß, ein Plätschern, Schreien. Sie rührte sich nicht. Die Musik aus dem Festsaal dröhnte aus den geöffneten Fenstern. Sie wandte sich um, lief davon, eilte zu ihrem Auto. Stieg ein und fuhr nach Hause. Nach Helma Sanders wurde gesucht. Sie wurde nicht gefunden.

Nach dieser Nacht veränderte sie sich. Sie lebte in Angst. Sie schreckte bei jedem Geräusch auf. Sie konnte nicht mehr richtig essen, sie konnte nicht mehr richtig schlafen, sie konnte nicht mehr lachen. Sie sprach kaum. Sie nahm an nichts mehr Anteil. Auch ihren Mann beachtete sie nicht mehr. Ihre Liebe zu ihm war erloschen. Doch jetzt, da sie ihm entglitt, begann er sie wieder zu begehren. Er las ihr jeden Wunsch von den Augen ab. Umgab sie mit Liebe und Fürsorge. Jetzt litt er Qualen. Sie war so nah und doch für ihn unerreichbar. Sie ähnelte jetzt den Schönen in den Zeitschriften. Sie war so abgemagert, dass sie geradezu durchsichtig erschien. Seine Freunde umschwärmten sie. Bei gesellschaftlichen Veranstaltungen stand sie im Mittelpunkt, ohne dass sie etwas dazugetan hätte. Die Mondfrau, so wurde sie allgemein genannt.

Auch in diesem Jahr fand der Tennisball im See-hotel statt. Hans schloss die Toilettentür hinter sich und ging den Flur entlang. Musik und Gelächter schlugen ihm entgegen. Er blickte suchend umher und dann sah er sie. Sein Herz begann zu klopfen. Sie trug ein hochgeschlossenes, silberfarbenes Kleid. Ihre blonden Locken, ihr schmales, liebliches, blasses Gesicht ließen sie so zart und durchsichtig erscheinen. So müsste eine Mondfrau aussehen. Sie war von seinen Freunden umgeben. Er trat an sie heran und sagte: »Ich möchte nach Hause.«

Sein Freund Peter, der seine Frau mit den Blicken geradezu verschlang, meinte nur: »Fahr nur, ich nehme deine Frau dann mit.«

Er verließ das Hotel, verharrte einen Augenblick und ging dann um das Hotel herum, zum See hinunter. An einen Baum gelehnt, blickte er auf den Steg. Plötzlich hörte er Schritte. Er erkannte Peter, der zum Steg ging. Lautlos folgte er ihm. Er konnte es sich nicht erklären, wie ein Schlafwandler, mit nach vorn gestreckten Armen schritt er voran. Musik dröhnte aus den geöffneten Fenstern. Plötzlich blieb er stehen. Er schüttelte sich, drehte sich um, lief zum Hoteleingang in den Ballsaal zurück. Den letzten Tanz würde er mit ihr tanzen.

Ein Hauch von Schwefel

Sie stützte sich mit beiden Händen seitlich auf das Waschbecken, beugte sich vor und betrachtete sich im Spiegel. Ihr Gesicht war eingefallen, die Haut wächsern, die Augenlieder rot, geschwollen und die Augen blicklos, starr, leblos. Sie erkannte sich nicht wieder. So hatten Kummer und Leid sie verändert, Hass sie zerstört. Sie griff zum Kamm und versuchte ihre Haare zu bändigen, die wild vom Kopf abstanden. Es knisterte hörbar, Funken schienen zu sprühen. Sie brannte, brannte vor Hass. Sie trat vom Spiegel zurück. Ihr Blick fiel durch das Fenster auf die Straße, die an ihrem Haus vorbeiführte. Da ging er vorbei mit seinem schwarzen Hund. Sie musterte den Mann. Er war mittelgroß und untersetzt, sein rundes rosiges Gesicht war von den Anstrengungen ständigen Lächelns verzerrt. Er war das Urbild eines satten, zufriedenen, sich jovial gebärdenden Spießers. Er hatte den Kopf nach rechts zur gegenüberliegenden Straßenseite gewandt. Sie triumphierte. Er wagte es nicht, zu ihrem Fenster zu sehen. Jetzt ging er auf einen Nachbarn zu. Tänzelnd, gestikulierend. Er bewegte sich hüpfend wie ein Kreisel. Überdeutlich sah sie seine aufgestülpten, wie zum Pfeifen gespitzten Lippen. Ein hüpfender, pfeifender Kreisel. Dieser Heuchler. Dieser Pharisäer.

Sie wollte das Fenster aufreißen und schreien. Sie ballte die Fäuste. Sie zwang sich zur Ruhe. Kalt musste sie bleiben, eiskalt, das verlangte die Rache.

Auf Rache sann sie Tag und Nacht. Das Wort ging ihr nicht aus dem Sinn. R a c h e ! Sie würde ihn vernichten. Wut und Hass überfielen sie erneut. Die Tage und Nächte verrannen. Ihr Hass steigerte sich, ergriff Besitz von ihr. Fraß sich in sie hinein, fraß sich durch sie hindurch, saß in ihrer Galle, verfärbte sie. Ihre Haut wurde gelblich. Saß in ihren Gedärmen, verursachte Koliken. Saß in ihrem Herzen, bestimmte sein Pochen. Saß in ihrem Blut, brachte es zum Kochen. Sie wurde eine Gefangene ihrer Gefühle. Hass. Rache. Sie versuchte ihnen zu entfliehen. Sie ging zu ihrem Arzt, klagte über Verdauungsstörungen, Hitzewallungen, Herzflimmern und Magenschmerzen. Er verschrieb Tabletten. Sie brachten keine Linderung. Ihre Tage verliefen gleichförmig. In den Nächten lebte sie ihren Hass. Sie lag auf den Knien und erflehte Rache, zuckend, sich windend. Schaum trat vor ihren Mund. Ihre Glieder verrenkten sich. Sie veränderte sich. Ein durchdringender schwefelartiger Geruch ging von ihr aus. War das der Geruch des Bösen? Ihre Nägel wuchsen so stark, dass sie sie jeden Tag schneiden musste. Bekam sie Krallen? Ihr Körper bedeckte sich mit einem schwarzen Flaum. Bekam sie ein Fell, einen zotteligen, hässlichen Pelz?

Ihre Freundinnen wandten sich von ihr ab, wichen vor ihr zurück. Hunde jaulten bei ihrem Anblick auf und Katzen ergriffen fauchend und mit einem Buckel die Flucht. Die Nachbarskinder mieden sie. Sie zog sich zurück. Sie wurde einsam. Sie verdämmerte die Tage. Sie lebte nur für die Nacht. Sie tötete ihn in ihren Träumen. Sie erschlug, erschoss, erdolchte ihn. Sie griff zu Strick und Beil. Sie überschüttete ihn mit Vitriol. Sie erdachte 1000 Tode. Tod – Schmerz – Qual – Rache. Morgens erwachte sie schweißbedeckt. Sie verließ das Haus kaum noch. Sie ging nicht mehr zu ihrem Arzt. Sie nahm die Tabletten nicht mehr, sie hatten keine Linderung gebracht.

Die Wochen vergingen. Sie war ihrem Hass ausgeliefert. Eine Gefangene. Eines Morgens, als sie das Haus verließ, um ihre notwendigen Einkäufe zu tätigen, kam eine Nachbarin auf sie zu, trat nahe an sie heran. Mit geneigtem Kopf und verschwörerischer Miene flüsterte sie ihr zu: »Haben Sie gehört? Der Mann mit dem schwarzen Hund ist ganz überraschend unter merkwürdigen Umständen heute Nacht verstorben.«

Sie schien plötzlich aus einem langen Schlaf zu erwachen. Die Sonne strahlte vom Himmel, die Vögel zwitscherten, die Rosen dufteten. Eine Katze strich um ihre Beine, ein Hund kam herbeigelaufen. Kinder grüßten sie. Sie atmete tief durch. Das Telefon klingelte. Sie ging ins Haus, nahm den Hörer ab. Es war ihr Hausarzt. Er teilte ihr mit, dass sie die verschriebenen Tabletten nicht mehr nehmen solle, sie seien wegen bedenklicher Nebenwirkungen vom Markt genommen worden. Sie hätten zu Halluzinationen, verstärkter Körperbehaarung, extremem Nagelwuchs und unangenehmem Körpergeruch geführt, auf den manche Menschen und Tiere allergisch reagiert hätten.

Langsam legte sie den Hörer auf. Sie strich über ihre Stirn. Sie dachte nach. Sie hatte die Tabletten schon lange nicht mehr genommen. Sie ging ins Bad, stützte sich mit beiden Händen seitlich auf das Waschbecken, beugte sich vor und betrachtete sich im Spiegel. Ihr Gesicht war gerötet, ihre Augen glänzten. Sie erkannte sich wieder. Sie griff zum Lippenstift, zum Rouge. Sie kämmte ihre Haare, die knisterten, Funken sprühten. Schwefelgeruch schlug ihr entgegen. Sie erschauerte. Sie griff zum Parfümzerstäuber und sprühte, sprühte – sprühte.

Der Liebste im Aquarium

Ihr Blick fiel auf das Aquarium. Da schwamm er – ihr Fisch. Seine roten Schuppen schimmerten und glänzten wie Pailletten an einem Abendkleid. »Toni«, flüsterte sie zärtlich und tippte gegen das Glas. Er reagierte sofort und schwamm ihrem Finger entgegen. Langsam gleitend, etwas träge. Er wurde alt – ihr Toni. Ihr Herz wurde schwer, aber gleich darauf schlug es wieder kräftiger. Vorfreude ergriff sie. Bald würde der neue Fisch Einzug halten. Bald würde ihr Liebster in ihrem Aquarium schwimmen. Ihr Liebster. Verträumt schaute sie vor sich hin. Bald würde alles wieder so sein wie früher. Wie früher. Sie dachte zurück. Sie erinnerte sich. Sie hörte seine weiche, schmeichelnde Stimme: »Frau Stolz, könnten Sie mir hier einmal weiterhelfen?«

Gern, zu gern hatte sie ihn mit Rat und Tat bei der Einarbeitung unterstützt. Sie schloss die Augen, sie sah ihn vor sich. Groß, blond, mit blauen Augen, die immer so verschmitzt und lustig, zuweilen auch verträumt auf sie herabgeblickt hatten. Sie hatte sich auf den ersten Blick in ihn, den neuen Kollegen, verliebt.

Ihr Blick glitt zu ihrem Spiegelbild auf dem Aquariumglas. Sie musterte sich eingehend. Sie war immer noch attraktiv. Befriedigt stellte sie es fest. Lange, weißblonde Locken umrahmten ihr Gesicht, das sorgfältig geschminkt war. Sie war schlank, wenn sie auch nicht ganz dem jetzigen Schönheitsideal entsprach. Doch gerade ihre weiblichen Rundungen hatten ihm so gefallen. Sie hatte deshalb im Büro bevorzugt Röcke, hohe Schuhe und enge Pullover getragen. Zum Ärger der Kolleginnen und zur Freude der männlichen Belegschaft. Sie lächelte triumphierend. Sie hatte ihn erobert. Er war zu ihr gezogen. Sie dachte an seine Leidenschaft, an seine Eifersucht, die selbst vor ihrem Toni nicht haltgemacht hatte. Sie hatte ihn einmal dabei ertappt, wie er aus dem Aquarium das Wasser hatte auslaufen lassen. Er wollte ihre Liebe nicht einmal mit einem Goldfisch teilen. »Dir genügt ja dein Fisch«, hatte er oft getobt.

Sie lächelte böse. Bald, bald genügt mir ein Fisch. Sie dachte daran, wie er sie verlassen hatte. Zum Abschied hatte er noch gesagt: »Du brauchst mich ja gar nicht. Du hast ja deinen geliebten Fisch.«

Sie hatte gebettelt, gefleht, getobt. Ungerührt war er gegangen. Sie hörte sich noch schreien: »Du bist ein Fisch, ein kalter Fisch!«

Sie hatte die Firma nicht verlassen, diesen Gefallen hatte sie ihm nicht getan. Sie war geblieben und sie sah ihn täglich. Ihre Liebe, ihre Leidenschaft blieb, sie steigerte sich sogar noch. Sie wollte ihn wiederhaben, den kalten Fisch.

Eines Tages fiel ihr eine Frauenzeitschrift in die Hände. Sie las die Zeile »Hexen unter uns«. Sie begann, sich mit Magie und Hexenzauber zu befassen. Sie schlich bei Vollmond auf den Friedhof und erflehte den Beistand der Geister. Sie las schwarze Messen und murmelte Zauberformeln. Sie zeichnete einen magischen Kreis um das Aquarium, beschwörend murmelnd: »Similia similibus, similia similibus …!« Sie würde ihn mit Zauberkraft dazu bringen, zu ihr zurückzukehren. Sie würde ihn besitzen. Sie ganz allein. Similia similibus – Gleiches bringt Gleiches hervor. Und dann sah sie den Erfolg. Er begann sich zu schuppen. Wo er ging und stand, lösten sich weiße schuppenartige Partikelchen von seinen Händen, seinen Armen, rieselten von seinem Kopf. Sie glänzten wie Pailletten an einem Abendkleid. Er erklärte ihr, er leide an Psoriasis (Schuppenflechte). Sie lächelte leise triumphierend vor sich hin. Sollte er das nur glauben. Sie wusste es besser. Ihr Zauber begann zu wirken. Er wurde zum Fisch.

Sie blickte zum Aquarium, ihre Augen weiteten sich. Toni trieb mit dem Bauch nach oben auf dem Wasser. Er war tot. Aber sie brauchte nicht traurig, nicht einsam zu sein. Bald würde ihr Liebster dort schwimmen. Es konnte nicht mehr lange dauern. Dann wäre er für immer bei ihr – in ihrem Aquarium. Ihr neuer Fisch.

Der Zoo

Wenn ich abends vom Büro nach Hause komme, begrüßt mich mein Mann mit den Worten: »Na, wie war's im Zoo?« Oder: »Was machen deine Tiere?«

Sie stutzen jetzt vielleicht und fragen sich, ob bei mir am Arbeitsplatz Tierhaltung erlaubt ist. MITNICHTEN! Und doch ist mein Büro geradezu ein Zoo und eigentlich müsste das bei Ihnen auch so sein. Oder haben Sie etwa keine Ziege, gibt es bei Ihnen nicht das Reh, das Hängebauchschwein, das Chamäleon oder den Skunk? Ich könnte die Aufzählung beliebig fortsetzen. Denken Sie mal nach … Aber ich will Ihnen helfen. Ich will Ihnen meine Tiere beschreiben. Meine Ziege ist so um die fünfzig. Sie hat an allem etwas auszusetzen. Mal ist es ihr zu kalt, und auch wenn alle anderen schwitzen, dann muss das Fenster geschlossen werden. Mal ist es ihr zu heiß, meist wenn wir alle frieren, dann muss es geöffnet werden. Sie sieht mit ihrem grämlichen Gesichtsausdruck (echt zickig) einer Ziege täuschend ähnlich. Selbst Barthaare wachsen ihr, sie zittern vor Erregung, wenn sie vor sich hin meckert. Na, solche Ziegen haben Sie doch sicher auch in Ihrer Umgebung, oder?

Nun kommen wir zum Reh. Es sitzt groß-äugig und immer mit feuchtem Blick an seiner

Schreibmaschine, bereit, beim ersten Tadel in Tränen auszubrechen und aufzuspringen. Es verträgt keine Kritik. Es ist ja sooo hilflos. Es himmelt jeden männlichen Vorgesetzten an, da fühlt sich jeder gleich als Leitbock. Doch im Gegensatz zu den Rehen in Wald und Flur ist bei ihr anscheinend immer Brunftzeit.

Ja, und dann das Hängebauchschwein, das gibt es doch wohl auch in jedem Büro. Ich nenne so die kurzbeinigen, dickbäuchigen Männer, deren Wanst über den Gürtel quillt, jene, die mit Vorliebe auch noch enganliegende T-Shirts oder Pullover tragen. Von den Hängebauchschweinen unterscheiden sie sich nur in einem: Man kann sie beim besten Willen nicht mehr als niedlich bezeichnen.

Und das Chamäleon gibt es in Ihrem Büro bestimmt auch. Sie wissen doch, das ist dieses Reptil, das seine Farben der jeweiligen Umgebung anpasst. Haben Sie an Ihrem Arbeitsplatz etwa nicht diese windschlüpfrigen Typen, die mit dem Knick in der Jacke vom Dienern und Bücken? Diese Typen, die heute ja und morgen nein sagen, wie es die Situation gerade erfordert. Deren Rückgrat von einem Gummi anstelle einer Wirbelsäule zusammengehalten wird. Ich sehe, Sie nicken. Mit anderen Worten: Die haben Sie also auch.

Und nun kommen wir zum Maulwurf. Er wühlt und wühlt im Untergrund. Er gräbt seinen

Konkurrenten das Wasser ab. Intrigiert und bringt sie zu Fall. Wenn der Rivale in seine Grube gefallen ist, krabbelt er flugs ans Tageslicht und besetzt seine Stelle. Bis zum nächsten Wühleinsatz. Haben Sie Ihren Intriganten auch wiedererkannt?

Dann der Skunk, das ist dieses Tier, das ein widerlich riechendes Sekret verspritzt, daher auch Stinktier genannt, das haben Sie bestimmt auch in Ihrem Büro. Oder haben Sie keinen Vorgesetzten, der immer dicke Luft verbreitet, der ein Klima schafft, in dem man nicht atmen kann? Bei weiblichen Chefs fällt mir hier mehr die Bezeichnung Schlange oder Trampeltier ein.

Ja, und dann hätten wir noch die Kuh, den Büffel, den Pfau oder den Affen. Sie lachen? Na also. Wir haben alle unseren Zoo im Büro. Ich will »Brehms Tierleben« aber nicht weiter bemühen. Ich gebe Ihnen nur einen guten Rat: Wenn Sie Ihre Ziege mit Salat füttern, Ihrem Affen Zucker geben und sich gegen die Angriffe des Stinktiers mit einer Atemmaske wappnen, genießen Sie ab Montag bestimmt Ihren täglichen Besuch im Zoo.

So ist es

Die Festtage sind vorbei und meine Schwiegermutter ist wieder abgereist. Damit keine Missverständnisse aufkommen, ich habe eine nette Schwiegermutter. Sie schmunzeln, wissen Sie etwa, was jetzt kommt? A B E R ! Ja, das Aber, das ist anscheinend schwiegermutterspezifisch. Das Aber bezieht sich in meinem Fall darauf, dass ich immer das Gefühl habe, gegen Vorurteile, insbesondere Vergleiche mit den Töchtern ankämpfen zu müssen. Wenn mein Mann den Tisch deckt, die Spülmaschine ausräumt oder sonstige hauswirtschaftliche Tätigkeiten übernimmt, was selten vorkommt, dann meine ich, vorwurfsvolle Blicke meiner Schwiegermutter zu spüren. So nach dem Motto: Der arme Junge!

Die hausfraulichen Fähigkeiten meiner Schwägerinnen werden bei jeder Gelegenheit hervorgehoben, meist, wenn mein Kuchen klitschig und der Braten zäh geworden ist. Vielleicht geschieht das gar nicht absichtlich, aber mich trifft es, zumal ich – wie viele berufstätige Frauen – das Hausfrauensyndrom habe: die Vorstellung, dass ich nicht perfekt in der Haushaltsführung bin, und ewig das Gefühl habe, dass meine Familie irgendwie zu kurz kommt. Seit Kurzem kann ich aber mit meinen unterschwelligen Komplexen leben, seitdem ich erkannt habe, dass das Verhältnis von Schwiegermüttern zu ihren angeheirateten »Töchtern« immer nach denselben Ritualen abläuft. Ein sogenannter »Schwiegermutterwitz« hat mir die Augen geöffnet. Ich will ihn erzählen.

Also, Frau Meier trifft Frau Schulze und fragt: »Frau Schulze, wie geht es denn Ihren Kindern, Ihrem Sohn und Ihrer Tochter? Die haben doch beide vor Kurzem geheiratet.«

Darauf erwidert Frau Schulze: »Frau Meier, meiner Tochter geht es ja so gut, die hat mit ihrem Mann einen Glücksgriff getan. Im Beruf ist er erfolgreich und verdient gut, nein, sogar sehr gut. Sie kann sich vieles leisten, wovon sie früher nur geträumt hat. Aber das ist nicht alles. Er ist ja so liebevoll und verwöhnt sie maßlos. Morgens bringt er ihr das Frühstück ans Bett, sie darf nicht aufstehen. Und an den Wochenenden kauft er ein und putzt auch noch. Ja, das Mädchen hat wirklich Glück.« Frau Schulze holte kurz Luft, dann fuhr sie fort: »Aber mein Sohn, der hat ja einen Missgriff getan, es ist nicht zu beschreiben. Meine Schwiegertochter – sie ist übrigens nicht berufstätig – bleibt jeden Morgen lange im Bett, er muss ihr das Frühstück servieren und an den Wochenenden muss er ihr beim Einkaufen und Putzen helfen. Der arme Junge.«

Sie haben gelacht? Nun, mir hat die Geschichte zu der folgenden Einsicht verholfen: Wir Schwiegertöchter können machen, was wir wollen, nie können wir mit den »echten« Töchtern mithalten. Wir sind zwar nicht Gottes, aber der Schwiegermütter zweite Garnitur. Damit müssen wir leben. So ist es.

Alt sind nur die anderen

Meine Großmutter hatte zu ihrem 90. Geburtstag eingeladen und die Familie reiste von nah und fern an. Ich war von ältlichen Verwandten umgeben. Tante Minchen, Großtante Euphemia und Onkel Edu zählten allein schon zusammen mehr als 250 Jahre. Tante Minchen schwärmte von ihrem Opernabonnement, obwohl sie schlecht hört. Ich weiß gar nicht, wie sie die Musik verfolgen kann; selbst wenn sie ihr Hörgerät trägt, muss man geradezu schreien, wenn sie etwas verstehen soll.

Tante Euphemia, sie ist gut, sehr gut betucht, erzählte von ihren Kreuzfahrten mit den wunderbaren Ausflügen und Besichtigungen. Wie sie das durchsteht, ist mir schleierhaft, sie ist nämlich ziemlich unbeweglich. Auf meine diesbezügliche Frage antwortete sie: »Ach Kind, alle sind immer so nett und haben Geduld mit mir. Die Spanische Treppe in Rom haben sie mich sogar hinuntergetragen. Aber ich will auf das Reisen und die Erlebnisse noch nicht verzichten, das kommt noch früh genug mit dem Alter.«

Onkel Edu, er ist Fabrikbesitzer, wollte noch mit 80 Jahren seinen Flugschein machen. Sein Lieblingsausspruch ist: »Ich gehör doch nicht zum alten Eisen.«

Ich könnte die Aufzählung mit Opa Paul, Groß-onkel Alfred und anderen fortsetzen. Sie alle reisen von einem Ort zum andern wie Dr. Kimble auf der Flucht. Sie kennen den Krimi vielleicht noch aus den 70er-Jahren. Sie wollen alles mitmachen, alles genießen und das möglichst umsonst. Sie fühlen sich am wohlsten in Gesellschaft Jüngerer und gegen das Wort »alt« sind sie geradezu allergisch. Sie kokettieren höchstens damit und erwarten immer die Entgegnung: »Aber du bist doch noch nicht alt.« Sie bevölkern die Golfplätze, die Reisebusse, zwängen sich in enge Jeans. Sie fühlen sich alle noch sooo jung. Sie denken an alles, nur nicht an das Alter. Und vor einem haben sie alle einen Horror: vor einer Ansammlung von alten Leuten. Sie selbst sind mit 80 oder 90 Jahren natürlich noch nicht alt.

Es scheint ein Phänomen zu sein, in der menschlichen Vorstellungskraft sind wohl nur die anderen alt. Das wurde mir bewusst, als ich meiner Cousine zuhörte, die ihre Reisepläne kundtat: »Ich bin es leid, auf Reisen und Urlauben von Senioren umgeben zu sein. Ich möchte knackige und keine faltigen Körper beim Sonnenbaden sehen. Ich möchte mich in vernünftiger Lautstärke unterhalten können und nicht dauernd wegen der Schwerhörigkeit meines Gegenübers schreien müssen. Ich möchte mich bei Touren zügig und nicht aus Rücksicht-nahme im Schneckentempo fortbewegen. Ich habe daher eine Expedition in die Antarktis gebucht. Mit Rentierschlitten und Zelt. Im Prospekt wurde auf extreme Belastungen und Bedingungen hingewiesen. Ein Gesundheitsscheck wird gefordert. Ich werde ihn sicher bestehen. Ich freue mich schon sehr auf die Reise. Endlich werde ich mal wieder richtig gefordert, bin unter gesunden jungen Leuten – unter meinesgleichen. Ich werde die Anstrengungen bestimmt spielend schaffen. Ich bin ja gerade erst 75 geworden.«

Das Chamäleon

Häschen, Mäuschen, Kätzchen, Tigerchen, ja sogar Äffchen nennen die Männer – etwas phantasielos, wie ich meine – ihre Herzallerliebsten. Aber keiner hat seiner Angebeteten je den Tiernamen verliehen, der für Frauen – für nahezu alle Frauen – der treffendste wäre. (Ich gehe nicht so weit, auf mangelnde Intelligenz bei Männern hinzuweisen, aber nachdenken müsste "frau" vielleicht darüber …) Ich meine das Tier, dem wir Frauen alle irgendwie nacheifern. Sie kommen nicht darauf? Es ist das Chamäleon. Sie erinnern sich, das Chamäleon ist eine Echse mit der Fähigkeit, seine Farbe und damit sich selbst seiner Umgebung anzupassen. Es kann sich also jeder Situation, jeder Gefahr anpassen. Erkennen Sie die Parallele? Auch wir Frauen sind imstande, uns zu verändern und anzupassen. Und dabei übertreffen wir das Chamäleon bei weitem. Wir können nämlich nicht nur unsere Farbe verändern – Tönungen, Lippenstift, Lidschatten, Puder und Rouge machen es möglich –, oh nein, wir verändern uns selbst, sind gezwungen, uns zu verändern, uns der jeweiligen Situation – nicht nur bei Gefahr – anzupassen. Wir Frauen sind damit quasi ein »Superchamäleon«.

Die Anforderungen, die unsere Umwelt an uns stellt, werden immer vielfältiger. Gehen wir in der

Zeitgeschichte zurück, sagen wir bis zur Steinzeit, oder nein, noch besser, fangen wir bei Eva und Adam an. Die Illustrationen von Eva im Paradies sind vielfältig. Eva mit Apfel, Eva mit Schlange, Eva mit Adam. Immer Eva, immer nackt bis aufs Feigenblatt. Eva – die Verkörperung des Weiblichen. Eva – die Verführerin des Mannes. Was mich an den Illustrationen immer besonders freut: Eva hat immer einen »gewölbten« Leib, klar ausgedrückt: einen Bauch. Ich neige leider auch dazu! Damit soll sicher auf die weibliche Fruchtbarkeit hingewiesen werden. Nun, nach der Vertreibung aus dem Paradies ist sie ihrer weiblichen Aufgabe auch nachgekommen, sonst gäbe es uns ja nicht. Also Eva hatte im Paradies – im Garten Eden – nur die liebevolle Gespielin ihres Adams zu sein. Mehr wurde von ihr nicht verlangt.

Als sie aus dieser Rolle ausbrach und Adam zum Apfelessen trieb, war es geschehen, bums, flogen sie aus dem Paradies. Das hatten sie davon. Sicher hat Eva dumm geschaut und Adam hat es ihr bestimmt nie verziehen und seitdem haben wir das Rollen-, das Chamäleonspiel. Eva musste Kinder gebären, aufziehen und alle damit anfallenden Aufgaben übernehmen. Sie hatte plötzlich mehr zu sein als nur das Weibchen, die Verführerin. Ein tiefer Fall, ein Sündenfall.

Aber das war erst der Beginn. Kommen wir jetzt zur Steinzeitfrau mit Fellschurz und Keule.

Sie musste darüber hinaus auch noch jagen, die Keule schwingend zum Lebensunterhalt beitragen. Wenn ihr Steinzeitmann im Kampf unterlag, wurde sie verschleppt. War sie dann noch jung und ansehnlich – wobei ich mich frage, was zu der Zeit wohl ansehnlich war –, musste sie den fleischlichen Gelüsten des Siegers dienen, anderenfalls hatte sie ihm auf andere Weise untertan zu sein, musste etwa seine Steinzeithöhle in Ordnung halten, damit er Zeit hatte, seine Gelüste anderweitig zu befriedigen. Damals schon trainierte sie also die Spielarten Verführerin, Gebärerin, Jägerin und Sklavin.

Im Mittelalter lernten die Frauen dann weiter hinzu, wobei man in dieser Zeit zwischen Herrinnen und Mägden unterscheiden muss. Für die Herrin die Minne, für die Magd die Lust. Sie kennen doch den Unterschied – das eine für den Geist, das andere für den Leib. Obwohl ich an die strenge Trennung nicht so recht glaube. Um aber in den Genuss der geistlichen oder leiblichen Genüsse zu kommen, musste sie eines sein: weiblich. Diese Rolle mussten Magd und Herrin – also beide – spielen. Die Herrin herrschte darüber hinaus über Haus und Hof, während ihr ritterlicher Ehemann sich zumeist im Krieg im Heiligen Land oder anderswo befand. Das heißt, die an die Frau gestellten Anforderungen waren weiter gestiegen. Die Rollen hatten sich vermehrt.

Und wie sieht es heute im 20. Jahrhundert aus? Heerscharen von Gleichstellungsbeauftragten vereinigen sich im Ruf nach Gleichberechtigung. Wir wollen unsere Unabhängigkeit, unser Können, unsere Tüchtigkeit auch im Beruf unter Beweis stellen. Wir erkämpfen eine weitere Rolle, das Chamäleonspiel wird mit einer weiteren Facette angereichert. Damit steigen auch die an uns gestellten Anforderungen. Wir sollen attraktiv und sexy sein, Gespielinnen, Verführerinnen unserer Männer. Lieb, sanft, anschmiegsam sollen wir unserer Weibchenrolle gerecht werden. Vehement und temperamentvoll wünschen sie sich uns allenfalls in den Nächten. Lustvoll im Bett, möglichst nur bei dem einen, und dann im Haus die züchtige Hausfrau, die Mutter der Kinder, die Erzieherin, die Kindergärtnerin, die Schneiderin, die Krankenpflegerin, die Köchin – und wohlgemerkt alles zur richtigen Zeit. Das Chamäleon verfärbt sich, es passt sich an, es spielt seine Rolle. Als Mutter lieb, sanft, als Geliebte sexy, lustvoll, als Ehefrau gesittet, züchtig, als Hausfrau tüchtig. Das setzt große Fertigkeiten und Flexibilität voraus. Nie darf die Spielfolge durcheinandergeraten. Das hätte fatale Folgen. Nicht auszudenken. Lust in der Küche und die Erzieherin im Bett? Ich könnte jetzt in Aufzählungen schwelgen. Aber lassen Sie doch Ihrer Phantasie selbst freien Lauf.

Sie lachen? Weinen sollten Sie. Wir sollten endlich das Chamäleonspiel pervertieren, damit die Männer aufschrecken. Ich fange an. Heute spiele ich »Geliebte in der Küche«. Wie das aussehen wird? Ich bringe mich groß raus. Lege die Kriegsbemalung auf und ziehe mein schickstes Kleid und die Stöckelschuhe an – ob ich darin wohl noch laufen kann? Aber egal, soll er mich doch endlich mal wieder auf Händen tragen. Ich versprühe mein bestes Parfüm, flächendeckend, und dann lasse ich mich zum Essen ausführen. Und morgen bin ich die »Erzieherin im Bett«. Jawohl, mit dem »Aufklärungswerk« aus den 60er-Jahren: »Deine Frau – das unbekannte Wesen«. Das haben zu der Zeit die Ehefrauen mit roten Ohren heimlich unter der Bettdecke studiert. Ich glaube, der Autor hieß Kolle. Beate Uhse war es jedenfalls nicht. Ich begebe mich in unser Ehebett und werde entsprechende Anweisungen erteilen. Sie können sich den Verlauf sicher vorstellen. Weitere Ausführungen erübrigen sich. Und übermorgen …? Na, mir fällt bestimmt noch etwas ein.

Das Märchen vom schwachen Geschlecht

Ich liebe Märchen und lese sie noch heute mit geradezu kindlicher Begeisterung. Aber ich frage mich, wer hat eigentlich das Märchen in die Welt gesetzt, dass Frauen das schwache Geschlecht sind? Die Brüder Grimm waren es auf jeden Fall nicht. Es laufen uns auch keine Gruselschauer den Rücken hinunter wie bei Hänsel und Gretel oder bei Rotkäppchen, wenn der Wolf zuschnappt. Nein, ich finde es geradezu lachhaft. Was ist das für ein Märchen, das nicht zum Fürchten, sondern zur Heiterkeit reizt? Wer konnte uns Frauen nur so verkennen? Ich jedenfalls kenne die Frauen, mich eingeschlossen, besser, kenne ihre Zähigkeit, ihren Mut, ihre Entschlossenheit, ihr Stehvermögen und ihre Durchsetzungskraft. Damit meine ich alle Frauen, nicht nur die sogenannten Powerfrauen, also die in den oberen Chefetagen, die mit den kantigen Ellenbogen. Ich kenne darüber hinaus die hohe Leidensfähigkeit von Frauen. Alles Kriterien, die auf Stärke hinweisen. Aber schwach sollen wir sein.

Sollte sich die Schwäche auf die körperliche Konstitution beziehen, lasse ich es vielleicht noch gelten. Aber ich frage mich, wozu braucht man heute im Zeitalter der Technik und Computer noch körperliche Kraft? Bei Steinzeitmenschen war das vielleicht ein wichtiges Kriterium, aber heute wird üblicherweise der Lebensunterhalt nicht mehr mit der Keule erschlagen, sondern im Supermarkt erworben. Selbst im Sport wird heute vielfach Kraft durch ausgefeilte Technik ersetzt. Ich möchte mal die Männer sehen, die es zum Beispiel im Tennis mit »unserer Steffi« aufnehmen können.

Also kann sich das Merkmal »schwach« nur auf unsere Geisteshaltung – schwach im Geist – oder unser Verhalten – unsere weiblichen Attribute wie sanft, lieb, duldsam – beziehen.

Untersuchen wir das: Die medizinischen Untersuchungsergebnisse, wie zum Beispiel dass Frauen ein kleineres Hirn haben – Groß- oder Kleinhirn sei hier dahingestellt –, sind uns ja bekannt. Angenommen, diese Ergebnisse sind richtig, bleibt uns doch noch immer die Argumentation: Unser Hirn ist klein, aber fein. Und seit wann ist Größe für sich allein ein Wertfaktor? Außer vielleicht beim BH, aber inzwischen sind ja Gott sei Dank die Busenfetischisten seltener geworden und viele Männer bevorzugen mittlerweile »klein, aber fein«. Ich darf auch noch darauf hinweisen, dass vermehrte und auch hervorragende Abschlüsse an Schulen und Hochschulen davon zeugen, dass Frauen trotz oder wegen ihres kleinen Hirns mit den Männern gut Schritt halten, ja, sie verstärkt sogar übertrumpfen.

So bleibt nur die Schlussfolgerung, dass es wohl an unserem Verhalten liegen muss, dass man uns heute noch für schwach hält. Aber auch hier kann ich nur lachen. Jeder Berufstätige kann von der Stärke und Durchsetzungskraft von Frauen ein Lied singen. Nach meiner Erfahrung zeigen Frauen am ehesten die Zähne. Sie scheuen sich weniger, unangenehme Dinge in Angriff zu nehmen und zu regeln. Männer sind gern feige und reden ungern Klartext. Andere auf Fehler oder Fehlverhalten hinzuweisen, lieben sie gar nicht. Frauen in Führungspositionen haben weniger Berührungsängste, was ihnen allerdings auch schnell den »Hexenruf« einbringt.

Ich höre dauernd Frauenrechtlerinnen lamentieren, dass Männer von den Beurlaubungs- und Teilzeitmöglichkeiten viel zu wenig Gebrauch machen. Sie sollten auch verstärkt Haushalt und Kindererziehung übernehmen. Die männliche Begründung ist stets der Karriereknick, was nicht von der Hand zu weisen ist, denn weg vom Fenster zu sein, ist nicht berufsförderlich. Das ist aber nur der vorgeschobene Grund. In Wirklichkeit sind die meisten Männer dem Stress und den Anforderungen von Haushalt und Kindern gar nicht gewachsen. Diesen Stress überlassen sie gern ihren schwachen Frauen. Sie selbst flüchten viel lieber ins Büro.

Und was die Leidensfähigkeit und Schmerzverträglichkeit betrifft, so kennen Sie doch sicher den Ausspruch, wenn Männer und Frauen abwechselnd die Kinder bekämen, gäbe es in keiner Familie mehr als drei, denn jeder Mann würde sich stets dem zweiten Mal verweigern. Dieses Problem sollten die Gentechniker mal angehen. Damit wäre das Problem der Überbevölkerung gelöst.

Daraus ergibt sich, dass auch unser Verhalten nicht zu der Bezeichnung »schwaches Geschlecht« beigetragen haben kann. Es ist somit wirklich nur ein Märchen. Aber seien wir klug. Wir sollten alles tun, es lebendig zu halten. Sie wissen doch, im Kampf entscheidet das Überraschungsmoment oft über Sieg und Niederlage. Es ist immer gut, wenn einen der Gegner unterschätzt. Diese Kriegslist sollten wir weiterhin nutzen. Lassen wir es bei dem Märchen »Frauen – das schwache Geschlecht«. Ich weiß jetzt auch, wer es in die Welt gesetzt hat: eine kluge, starke Frau.

Das Seniorenbett

»Wir brauchen ein neues Schlafzimmer«, stellte ich fest, und mein Mann, dem das Geld nicht gerade lose in der Hosentasche klimpert, erhob keine Einwände. Aha, er hatte also auch gemerkt, dass die Schranktüren nicht mehr schlossen und die Betten immer wackliger wurden. Bei jähen Bewegungen lösten sich die Pfosten, und Hammerschläge waren zur Befestigung nötig. Na ja, die jähen Bewegungen wurden zwar immer weniger, dafür nahmen die Hammerschläge zu.

Wir gingen daran, den Beschluss sofort in die Tat umzusetzen. Ich machte mich stadtfein, zog mein neues Kostüm an, eng und kurz, und legte die kleine Kriegsbemalung an, die fürs Tageslicht.

Beifällig musterte ich meinen Mann, selbst in Jeans und Lederblouson, distinguiert, aber doch recht flott sah er aus.

So betraten wir, in jugendlichem Outfit und beschwingt, Kölns teuerstes Möbelhaus. »Sie wünschen?«, fragte die Verkäuferin, die auf uns zugeeilt kam.

»Wir suchen ein Schlafzimmer«, sagte ich.

Und in Erinnerung an die Hammerschläge fügte mein Mann hinzu: »Aber bequeme stabile Betten soll es haben.«

Die Verkäuferin flötete, anders kann man es nicht bezeichnen: »Folgen Sie mir bitte«, und stieg, nein schwebte, vor uns die Treppe hinauf zur Abteilung mit den Betten. Oben waren dann auch Betten, überall Betten, Himmelbetten mit Tüll, Betten mit riesigen Kopfteilen, stoffbezogene Liegewiesen. Ich fand alle entsetzlich, aber dann sah ich ein Exemplar, das mir gefiel. Es war etwas höher und sah richtig bequem und stabil aus.

Darauf deutete die Verkäuferin und sagte: »Das wäre Ihr gewünschtes Bett, bequem, stabil, unser Seniorenbett.«

Ich erstarrte zur Salzsäure und mit einem Seitenblick bemerkte ich, dass es meinem Mann nicht besser erging. Er atmete schwer und straffte die Schultern. Das tut er sonst nur, wenn hübsche junge Mädchen in Sicht sind. Er meint wohl, er sehe dann jugendlicher aus.

Die Verkäuferin, die gar nicht bemerkt hatte, wie tief sie uns getroffen hat, fuhr munter fort: »Unser Seniorenbett ist motorisch verstellbar. Der Kopfteil kann zur Rückenstütze senkrecht aufgestellt werden, sehr bequem beim Lesen und im Pflegefall, und Wadenkrämpfe kann man durch Anhebung des Fußteils bekämpfen.«

Mein Mann war bei diesen Ausführungen rot angelaufen. Nur der Hinweis auf die Wadenkrämpfe, er weiß, wie ich darunter leide, hielt ihn zurück, irgendwie zu explodieren.

Wir ließen uns dann aber doch noch den Mechanismus des Bettes demonstrieren und waren beeindruckt. Zum Kauf konnten wir uns nicht entschließen – was sollten wir mit einem Seniorenbett? Wir verließen das Geschäft, ließen aber zu, dass uns ein Prospekt in die Hand gedrückt wurde. Über das Seniorenbett wurde nicht mehr geredet, Verdrängung hätte Herr Freud das wohl genannt.

Wochen später kam mein Mann, den Prospekt schwenkend, auf mich zu: »Du erinnerst dich doch an dieses Bett. Eigentlich erfüllte es doch alle Bedingungen, die wir an eine Schlafstatt stellen. Es ist bequem und stabil und der Preis ist auch akzeptabel.« Er musterte mich und fuhr dann fort: »Warum sollten wir also diese Komfortbetten nicht kaufen?«

»Komfortbetten?«, erwiderte ich verdutzt.

»Jawohl«, sagte er und hielt mir den Prospekt dicht vor die Augen.

Komfortbett stand dort, dick unterstrichen.

»Komfortbett wird es genannt, von Seniorenbett ist hier keine Rede«, fuhr mein Mann fort. »Diese dumme Pute hat sicher irgendetwas verwechselt.«

Wir haben die Komfortbetten gekauft, aber Komfort hin, Senioren her, unser Jugendwahn hat auf jeden Fall einen empfindlichen Dämpfer erhalten.

Rosa Flanell für die Ehefrau

Ich besuchte meine Freundin Anna im Krankenhaus. Sie saß aufrecht im Bett wie auf einem Thron, in einem rosafarbenen Flanellnachthemd mit Stehbündchen. Wohin man auch blickte, war rosa Flanell. Ich fand, sie sah aus wie Queen Mum, und ich sagte es ihr auch. Sie lachte laut und entgegnete: »Das ist mein Ehefrauennachthemd.«

»Dein was?«, fragte ich verdutzt.

»Mein Ehefrauennachthemd«, erwiderte sie, und dann erzählte sie folgende Geschichte: »Du kennst doch meinen Mann, er ist, wie du weißt, immer für das Praktische, und so sehen auch seine Geschenke für mich aus. Kurz vor Weihnachten trafen wir uns mit Freunden und es wurde ausgiebig über Geschenke gesprochen. Ganz überrascht stellte mein Franz fest, dass unsere Freunde für ihre Frauen Kleider, Blusen, Tops, ja sogar Dessous kauften. Dabei nannten sie immer wieder den Namen eines exklusiven Dessousgeschäfts – bodyshop heißt der Laden.

Weihnachten präsentierte mir mein Mann stolz ein hübsch verpacktes Geschenk – mit dem Etikett vom bodyshop. Mein Herz tat einen Sprung. So hatte ihn das vorweihnachtliche Gespräch mit unseren Freunden doch inspiriert. Ich sah mich im Geist schon in schwarze Spitze gehüllt. Sündig, sexy verrucht. Und dann begann ich auszupacken. Das Papier knisterte geheimnisvoll, ich schlug die Verpackung zur Seite. Zum Vorschein kam ein sackartiges, langärmeliges, knöchellanges rosa Flanellnachthemd mit Stehbündchen. Ich schluckte. Voller Stolz erzählte mir dann mein Franz: ›Stell dir vor, die Verkäuferin, das war übrigens so eine richtig aufgedonnerte Person, wollte mir unbedingt etwas Durchsichtiges in schwarzer Spitze verkaufen. Aber ich weiß doch, dass du im Bett immer so frierst, und da habe ich etwas in Flanell verlangt. Übrigens, eins versteh ich immer noch nicht, die Verkäuferin fragte dann sofort: Welche Größe hat denn Ihre Ehefrau? Sie hat gleich gewusst, dass es für dich ist.‹

Ich unterdrückte einen Lachanfall und habe ihn in den Arm genommen. Schließlich hatte er mit Bedacht und Sorgfalt gewählt. Rosa ist übrigens meine Lieblingsfarbe. Ihm war gar nicht bewusst, dass ein Flanellnachthemd nicht gerade eine Liebeserklärung darstellt. Und dann fuhr er fort: ›In diesem schwarzen Spitzending hättest du dir ja den Tod geholt.‹ Adieu, schwarze Spitze. Adieu, Traum vom verführerischen Aussehen.

Aber der Ehrlichkeit halber muss ich hinzufügen: Recht hatte er, mein Franz. Das Flanellnachthemd ist zu meiner liebsten Nachtbekleidung geworden. Kein Wunder, bei nur fünf Grad im Schlafzimmer. Mein Mann will die gesunde

Landluft auch nachts voll genießen. Und wenn ich mein Flanellnachthemd trage, denke ich daran, mit wie viel Liebe und Überlegung mein praktischer Mann es ausgesucht hat. Für Freundinnen und Geliebte kaufen Männer vielleicht kalte schwarze Spitze, aber bestimmt nur Ehefrauen beschenken sie mit wunderbar warmem Flanell.«

Der grüne Hut

In unserer Familie ist man mit lockeren Sprüchen schnell bei der Hand, so zum Beispiel Mutters Lieblingssatz: »Denken, denken auch im Haushalt«, wenn sie ihren studierten, hudeligen Töchtern die Hausarbeit schmackhaft machen wollte. Einige dieser Sprüche haben für uns alle heute noch Bedeutung. Da ist zum Beispiel der Satz, mit dem unsere Mutter jedes Telefonat in die Ferne abschloss, der bei jedem Abschied fiel: »Pass gut auf dich auf.« Das war übrigens lange bevor dieser Fernsehpfarrer ihn publik machte. Dahinter verbarg sich alles von »Zieh dich warm an« über »Trink nicht so viel« bis »Trau keinem Mann über den Weg«. Mit »Pass auf dich auf« drückte unsere Mutter alle ihre Sorgen und Liebe für uns aus, und wir wussten das. Er hätte uns gefehlt, hätte sie ihn mal vergessen. Aber um ehrlich zu sein, er ging uns auch schon mal auf die Nerven.

Dann gab es den Spruch: »Für wenn mal was ist«, mit dem uns, auch im fortgeschrittenen Alter, ein Geldbetrag übergeben wurde. Diese Für-wenn-mal-was-ist-Zuschüsse wurden uns für Notfälle zugesteckt und durften auch nur dafür ausgegeben werden. Wir alle hielten uns strikt daran. Bei mir gibt es heute noch eine Kasse Für-wenn-mal-was-ist.

Ja, und dann haben wir einen Spruch, der keiner ist und der für andere keinen Sinn ergibt, er lautet: »Setz den grünen Hut auf.« Das muss ich jetzt erklären: Unser Vater hatte vor vielen Jahren einen schweren Zusammenbruch, verursacht durch zu hohes Gewicht, zu viele Zigaretten, zu viel Stress und viel zu viel Arbeit. Er musste fast drei Monate im Krankenhaus liegen. Er nahm 50 Pfund ab und war dementsprechend schwach und deprimiert. Wie viele Schriftsteller neigt auch er zu einer übersteigerten Phantasie und zu Übertreibungen. Kurz und gut, er war von der Vorstellung, er habe Krebs und müsse sterben, nicht abzubringen. Er glaubte weder den ärztlichen Aussagen noch unseren Beteuerungen. Nichts konnte ihn von seinen Ängsten befreien. Ja, und dann, ganz plötzlich nach einem Besuch unserer Mutter im Krankenhaus, sie hatte ihm ihren neuen Hut vorgeführt, war alles vergessen. Er glaubte, dass er bald nach Hause könne, und gesundete. Später gab er uns folgende Erklärung: »Wir alle kennen doch unsere Mutter, wie oft muss ich ihr zureden, sich etwas Hübsches für sich zu kaufen. Und als sie dann in der Tür stand mit ihrem neuen grünen Hut, da wusste ich, dass ich nicht sterbenskrank war. Einen schwarzen Hut hätte sie sich sonst bei ihrer Sparsamkeit gekauft, nur einen schwarzen.« Der grüne Hut ist für uns damit zum Synonym für Sensibilität geworden. Wenn wir sagen: »Setz den grünen Hut auf«, heißt das: »Vorsicht, achte auf Empfindlichkeiten.«

Ich müsste den grünen Hut eigentlich öfter tragen, meint mein Mann, da ich oft zu impulsiv und zu wenig sensibel bin. Gut! Heute setze ich ihn auf, meinen grünen Hut.

Eine kleine Zeitreise

Unsere Feier zum 40-jährigen Abitur sollte mit einem Ausflug enden. Der Bus fuhr vor. 20 Damen und Herren in gesetztem Alter, wenn man das heute überhaupt noch sagen darf, denn alle fühlen sich ja noch so jung und die meisten sind auch so gestylt, drängten zum Einstieg. Es wurde gedrängelt, geschubst, Kichern und dröhnendes Lachen erklang. Jeder wollte einen Fensterplatz. Wie vor 40 Jahren. Ich hörte Käthes jammernde Stimme: »Ich kann nicht hinten sitzen, mir wird beim Busfahren immer so übel.«

In meinem Kopf explodierte etwas. 40 Jahre waren wie weggewischt. Ich schloss die Augen. Der Busfahrer erhob die Stimme: »Bitte nehmen Sie die Plätze ein und machen Sie den Gang frei. Wir müssen abfahren.« Nur »Sie« und »bitte« hatte er vor 4o Jahren nicht gesagt. Da hätte er nur »Platz« und »Ruhe« gebrüllt. Na, es war ja wohl auch ein anderer Fahrer.

Ich sah mich im Bus um. Da saßen Käthe und Heinrich nebeneinander. Käthe war immer noch rundlich. Von Verschönerungsversuchen hatte sie schon früher nichts gehalten, als wir anderen Lippenstifte und Lidschatten ausprobierten. Sie war immer auf flachen, gesunden Schuhen einhergeschritten, als wir anderen auf Stöckelschuhen trippelten. Sie war sich treu geblieben. Und dann Heinrich, seine strubbeligen Haare waren nicht mehr weißblond, sondern nur noch weiß, und seine Hemdkragen genauso zerknittert wie früher, das konnte ich von meinem Sitz gut sehen. Früher hatte Käthe bei jeder Gelegenheit gesagt: »Heinrich, mach deine Schnürsenkel zu, du könntest darüberfallen«, und: »Knöpf dich zu«, damit meinte sie zumeist die Hose. Und Heinrich hatte stets mit hochrotem Kopf gehorcht. Ob Käthe wohl …? Ich hatte noch nicht zu Ende gedacht, da hörte ich sie sagen: »Heinrich, deine Schnürsenkel sind offen. Du könntest darüberfallen.«

Hinter mir, vor mir, alle, die mitgehört hatten, begannen zu lachen. »Hört, hört, Käthe erzieht immer noch unseren Professor.« Heinrich war nämlich Professor geworden.

Rechts neben mir saßen Anita und Peter. Anita – groß, blond und immer noch rank und schlank. Sie war das attraktivste Mädchen der Klasse gewesen. Das war sie auch heute noch. Sie war Chefsekretärin geworden. Mit dem Studium hatte es wohl nicht so geklappt, sich schinden und lernen war nie ihre Stärke gewesen. Aber organisieren, anordnen und planen, darin war sie schon früher spitze gewesen. Ich konnte sie mir im Büro als rechte Hand des Vorstandsvorsitzenden gut vorstellen. Jetzt ertönte ihre Stimme: »Ich lass die Adressenliste rumgehen, bitte tragt euch ein, aber

mit Blockschrift, damit man es auch lesen kann.«
Alle nickten gehorsam.

Hinter Anita saß, nein, residierte Franz. Er lehnte lässig im Sitz, achtete aber darauf, dass sein Jackett, sicher von einem italienischen Designer, keine Falte bekam. Sein Hemd und Schlips waren Ton in Ton, hellblau, so auch die Socken, nein, keine Socken, natürlich Kniestrümpfe, wie es sich für einen Herrn gehört, und glänzende, geputzte Schuhe. Ein Gentleman vom Scheitel bis zur Sohle – wie er meinte. Auch er hatte sich kaum verändert. Er war genau der Fatzke geworden, der er schon vor 40 Jahren zu werden versprach. Er verwaltete die Ländereien seiner Familie. Er war Gutsherr und so gab er sich auch.

Plötzlich ging ein Raunen durch den Bus. Unsere frühere Klassensprecherin, hinter ihrem Rücken auch liebevoll »die Mutter« genannt, schritt durch den Gang und verteilte Tüten. Sie sagte: »Ich dachte schon, dass ihr nicht daran gedacht habt, Proviant mitzunehmen, aber das gehört zu einer Klassenfahrt doch dazu.«

Nur der Fatzke flüsterte Anita zu: »Wie albern.«

Bald hörte ich es rascheln. Schokoladenpapier knisterte. Der Bus roch nach Apfelsinen und Mandarinen. Alles war wie früher. Ob der Busfahrer jetzt wohl auch gleich meckert und sagt, wir sollen die Abfälle … Schon ertönte es über den

Lautsprecher: »Meine Herrschaften, darf ich Sie bitten, die Abfälle beim Aussteigen zu entsorgen.« Na also, auch fast wie früher, nur der Ton war höflicher.

Wir stiegen in Schneverdingen aus, spazierten durch die blühende Heide und kehrten natürlich ein. Es wurde gut gegessen und auch Wein und Bier flossen reichlich. Dann ging es wieder zurück zum »Reisebus«. Die Stimmung war noch besser als zu Fahrtbeginn. Jetzt wurde nicht mehr gedrängelt, jeder nahm einfach seinen alten Platz ein. Der Lärmpegel stieg jedoch immer mehr an. Ich blickte mich um und sah in gerötete, lustige Gesichter. Und dann geschah ein Wunder: Heinrichs strubbelige Haare waren wieder weißblond. Anita war wie früher faltenlos … Es war, als wenn Harry Potter mit seinem Zauberstab durch den Bus geschritten und die Vergangenheit weggewischt hätte. Da saßen Meike und Arno Kopf an Kopf – ob sie etwas miteinander gehabt hatten? Wir hatten es nie in Erfahrung gebracht. Ob sie jetzt …? Und da waren Lene und Christine, die sich gezankt und stets wieder versöhnt hatten. Auch jetzt schienen sie in einen Disput verwickelt. Und Hans und Peter, die vor Lachen wieherten. Sie erzählten sich bestimmt wieder unanständige Witze, wie früher. Und dann fing Klaus, er war Musiker geworden, an zu singen: »Auf der Lüneburger Heid …« Langsam fiel einer nach dem anderen ein. Ich schloss die Augen. Ich hörte Ursels hübsche Stimme. Sie war stets unsere Rettung im Musikunterricht gewesen. Ich hörte Udo, laut dröhnend und falsch, aber mit Inbrunst singen. Dieters Bass. Jürgens Tenor. Es war wie früher. Wer sagt eigentlich, dass die Zeit nicht stehenbleibt? Es wurde still. Ich blickte umher, und ich sah, dass wir alle gleich gefühlt hatten. Wir alle waren in die Vergangenheit zurückgekehrt. Und dann fiel uns allen gleichzeitig ein, mit welchem Lied jeder Ausflug geendet hatte, wenn wir todmüde und abgeschlafft waren: My bonnie is over the ocean. Und wie auf ein Geheimkommando sangen alle aus vollem Halse. Dann kehrte wieder Stille ein. Jeder hing seinen Gedanken nach. Der Zauber war verflogen. Der Bus hielt. Wir stiegen aus. Wir waren alle wieder gesetzte Damen und Herren. Unsere Wege trennten sich.

Lust und Frust am Loch

Mein Mann und ich haben den dritten Lebensabschnitt erreicht. Klingt doch besser als 60 oder 70. Wir wollen aber auf sportliche Betätigung nicht verzichten. Die physischen Gegebenheiten haben sich jedoch arg verschlechtert. Der Rücken schmerzt, die Gelenke knacken und die Arterien sind verstopft. Tennisspielen ist nur mit schmerzverzerrtem Gesicht möglich. Aber da bleibt ja noch Golf. Das ist doch Spazierengehen mit sportlichem Touch. Dachte ich. Und das Ambiente stimmt auch. Schließlich ist es ein elitärer Sport für eine wohlhabende Klientel. Dachte ich und sah die schicken Karohosen, die Schirmmützen und die Elektrowägelchen vor mir – kennt man doch aus Film und Fernsehen. Wir traten also in einen Golfclub ein. Der Preis war happig. Aber wie heißt es doch? Was nichts kostet, ist auch nichts. Jetzt konnten wir endlich auch sagen: »Wir spielen Golf.«

Der Golfplatz begeisterte mich. Und dann die Bezeichnungen: Driving Ranch, Approaching Green, Putting Green und Pro – das kommt von professional. Alles auf Englisch. Das klingt doch auch viel sportiver als Übungsplatz und Golflehrer. Und dann die Kleiderordnung! Jeans und kurze Hosen sind nicht gestattet und die Shirts müssen ein Krägelchen haben. Ja, man merkt, es ist ein

Sport für die gehobene Klasse. Dachte ich. Und dann war plötzlich alles ganz anders. Wir buchten Übungsstunden beim Pro. Auf ging es zur Driving Ranch. Nach ersten Instruktionen zu Griff- und Schlägerhaltung machte ich mich ans Werk, um – wie so oft gesehen – den Ball in die Luft und in die Ferne zu befördern. Mein Ball aber flog nicht. Ich konnte schlagen, schwingen, pendeln, wie ich wollte. Er kullerte, trudelte, hüpfte allenfalls über den Rasen und dachte gar nicht daran, zu einem rasanten Flug anzusetzen. Dabei hatte es immer so leicht ausgesehen. Aber wie trösten sich alle Golfer? Üben, üben, üben …

Beim Putten fühlte ich mich etwas besser. Man muss dabei den Ball auch nur über eine kleinere Distanz in das Loch befördern. Aber auch hier wurden mir schnell meine Grenzen aufgezeigt. Entweder ich schubste zu kurz oder ich pendelte zu weit. Der Ball landete überall, nur nicht im Loch. Aber das musste doch zu schaffen sein! Auch hier gilt wohl: Üben, üben, üben …

Ich blickte mich um. Aber auch meine Vorstellungen bezüglich des Ambientes gerieten ins Wanken. Rechts und links zogen Damen und Herren mit ihren Golfwagen – keine Elektrocars – vorbei. Sie sahen nicht besonders gestylt aus, trugen Sporthosen, Pullover, Westen und derbe Schuhe. Die Schirmmützen hatten jedoch alle auf dem Kopf. Und wie ich bemerkte, sahen alle, die gespielt hatten, recht derangiert aus, um es drastisch auszudrücken. Sie waren rotgesichtig und verschwitzt. Nach Spazierengehen sah das gar nicht aus. Ich begann zu ahnen, dass es sich beim Golfen um einen schweißtreibenden Sport handeln könnte.

Wir machten schließlich Fortschritte und erhielten die eingeschränkte Platzerlaubnis. Aber die Platzreife wurde für uns ein schier unerreichbares Fernziel, wie für den Analphabeten das Abitur. Jetzt durften wir aber schon mal ohne Pro auf den Golfplatz. Doch nun begann der große Frust erst recht. Ja, unser Eheleben geriet sogar in Gefahr. Mein Mann schlug die Bälle, wie ich fand, geradezu traumhaft. Ich konnte meine Neidgefühle nicht unterdrücken, denn mir gelang nichts. Ich konnte machen, was ich wollte, mein Ball dachte gar nicht daran, sich einem Vogel gleich in die Luft zu erheben. Er flatterte allenfalls wie ein gackernder, vollgefressener Fasan. Die mühelose Koordination, wie sie jedes Kind zustande bringt, gelang mir nicht, obwohl ich im Kopf den Bewegungsablauf verinnerlicht hatte. Sollte der Kopf, ich gehe nicht so weit, von Intellekt zu sprechen, beim Golf hinderlich sein? Seitdem ich Gefühl und Intuition mehr Raum gebe, klappt es besser. Und ich gab nicht auf, übte, übte, übte … Mein Frust nahm aber immer mehr zu. Gelang mir jetzt ein Schlag und ich geriet über den Vogelflug meines Balles in

Begeisterung, so brach er jäh aus, nach links oder rechts, und landete im Teich, im Bunker oder im hohen Gras, wo er unauffindbar blieb. Ein anderes Mal flog er pfeilschnell aus 30 Meter Entfernung auf das Loch zu – und in das Loch hinein. Doch der Jubel blieb mir in der Kehle stecken – er hüpfte wieder heraus und rollte fast zehn Meter vom Loch weg. Es war entsetzlich. Ich litt. Ich ärgerte mich. Ich haderte und fluchte. Aber nur inwendig, denn Golf verlangt feine Manieren. Und je mehr ich mich ärgerte, desto schlechter flog mein Ball. Wie Rumpelstilzchen hätte ich mich vor Wut zerreißen können. Ich fürchte, ich wurde diesem Kerlchen immer ähnlicher. Und dann die Etikette! Das sind die Benimmregeln auf dem Golfplatz. Nein, hier geht es nicht darum, wer wen zuerst grüßt und ob Handkuss unter freiem Himmel. Nein, hier geht es um die Spielregeln. Wie man, wann man, wo man spielt. Es dauerte etwas, bevor wir die intus hatten.

Wir haben also den Ratschlag gestandener Golfer brav befolgt: Üben, üben, üben … Und irgendwann haben wir die Platzreife erhalten. Ich musste meine Vorstellungen vom Golfen korrigieren. Es handelt sich um einen Sport, der technisches Können, Konzentration, Selbstdisziplin und Ausdauer erfordert. Wer hat eigentlich die Mär vom sportlichen Spaziergang in die Welt gesetzt?

Ich übe weiter. Und ab und an kommt Freude auf, wenn ein guter Schlag gelingt. Es wäre doch gelacht, wenn ich mich nicht verbessere und ein anständiges Handicap bekomme. Es muss ja nicht gleich einstellig sein. Ich ahne: Golf kann Lust bereiten und zur Sucht werden.

Sind wir Frauen schizophren?

In letzter Zeit drängt sich mir die folgende Frage auf: Was ist mit uns Frauen los? Sind wir alle schizophren? Ich schließe mich ein und meine das im wahrsten Sinne des Wortes. Sind wir zwiegespalten, leiden wir, wie der Brockhaus Schizophrenie definiert, an »Spaltungs-Irresein«? Sind wir alle weibliche Dr. Jekylls und Mr. Hydes? Sie wissen doch, das ist die berühmte Horrorgeschichte von R. L. Stevenson, in der sich ein Mann in zwei völlig unterschiedliche Personen verwandelt, in zwei gegensätzliche Charaktere, die sich geradezu bekriegen.

Sie schauen verwundert? Ich will es erklären. Zurzeit gibt es doch wohl keine Frauenzeitschrift – Brigitte, Petra, Maxi, wie sie auch immer heißen mag –, die sich nicht als Kampfpostille für unsere Rechte versteht. Kein Fernsehsender, der sich dem Ruf »Mehr Rechte für Frauen« verschließt. Keine politische Partei, die nicht das Thema Frauenförderung wie auch immer forciert. Ganze Heerscharen von Gleichstellungsbeauftragten sind berufen, Frauenministerien gegründet, Frauenhäuser schießen wie Pilze aus dem Boden. Wir Frauen, unsere Rechte, unsere Gleichstellung, unser Wohlergehen im Beruf und unsere Stellung in der Gesellschaft liegen plötzlich allen am Herzen, das ist geradezu zu einem »Politikum« geworden.

Man müsste meinen, wir Frauen würden jetzt gemeinsam – quasi im Schulterschluss – die Gunst der Stunde nutzen, um an der Durchsetzung unserer Interessen und Zielvorstellungen zu arbeiten. Aber weit gefehlt! Und damit beginnt das, was ich als Schizophrenie bezeichne. Was sind denn eigentlich unsere gemeinsamen Interessen? Unsere Ziel- und Lebensvorstellungen? Bereits mit deren Definition beginnt doch die Diskrepanz, der Zwiespalt. Da haben wir auf der einen Seite die emanzipierten, karrierebewussten Frauen, ich schreibe bewusst nicht karrieresüchtig, die jetzt ihre Stunde gekommen sehen, um den Männern den Rang abzulaufen, sie in die Schranken zu verweisen. Sie sehen endlich die Chancen, die Karriereleitern in Behörden, Betrieben und Unternehmen bis zur höchsten Sprosse zu erklimmen. Und dann haben wir dazu den krassen Gegensatz, »die Weibchen«, das meine ich jetzt allerdings im negativen Sinne, die ihre Berufung darin sehen, sich durch Einsatz aller Mittel, vorwiegend körperlicher und weiblicher List, möglichst schnell einen gutsituierten Mann zu angeln, auf dass dieser sie auf Händen trage, ihnen Haus und Zweitwagen, möglichst der gehobenen Klasse, und ein bequemes Leben verschaffe. Ihr Lieblingssatz ist: »Mein Mann sagt …«, ihre Lieblingsbeschäftigungen sind Tennis, Golf oder Reisen, ihre Lieblingsklage ist nach etlichen Ehejahren: »Mein Mann hat zu wenig Zeit für mich.«

Zwischen diesen extremen Typen liegen Welten. Und es ist natürlich klar, dass sich zwischen diesen keine Sprachregelung für gemeinsame Interessen und Vorstellungen finden lässt. Aber was ist mit den Frauen, die nicht zu diesen Extremen gehören? Diejenigen, die genug Einsichtsfähigkeit und Mutterwitz haben, um ihre »Frauenrolle« zu akzeptieren. Die für sich vernünftige Lebensformen finden wollen. Die eben nicht ihren Lebensinhalt entweder im Erfolg oder in der Karriere sehen. Diejenigen, die bewusst Familie und Mutterschaft bejahen und auch als Erfüllung ansehen, oder diejenigen, die Familie und Beruf gern in vernünftiger Weise miteinander verbinden möchten. Auch sie solidarisieren sich nicht.

Wann endlich werden wir Frauen es lernen, unseren Geschlechtsgenossinnen gegenüber liberaler und loyaler zu sein? Warum stehen sich Emanzen und Hausfrauen oft so neidvoll gegenüber? Warum lassen die einen nicht gelten, dass es für eine Frau sehr wohl Erfüllung im Beruf »Hausfrau und Mutter« geben kann? Warum geht heute der Trend dahin, dass man diesen Frauen geradezu suggeriert, dass sie unzufrieden zu sein haben? Warum können auf der anderen Seite diese Hausfrauen nicht neidlos die Karriere und den beruflichen Erfolg von Frauen hinnehmen, ohne gleich wehleidig hinzuzufügen, dass sie ihre Karriere ihrem Mann und den Kindern geopfert haben? Was meist eine dümmliche Erklärung ist, denn oft haben sie bis zu ihrer Eheschließung nichts getan, um sich eine Karriere aufzubauen. Warum können wir unsere unterschiedlichen Leistungen nicht anerkennen und respektieren und vernünftig miteinander umgehen? Sind wir vielleicht doch schizophren? Haben wir von Geburt an zwei Seelen in unserer Brust? Wollen wir immer alles und neiden den anderen den Teil, den wir nicht haben?

Da Selbsterkenntnis der erste Weg zur Besserung ist, sollten wir darangehen, uns dieser Schwäche bewusst zu werden. Damit wir Frauen endlich so leben können, wie es unseren persönlichen Fähigkeiten und unserem Willen entspricht statt nach einem gesellschaftlichen Klischeebild. Ich habe mir vorgenommen, ich will meinen »Hausfrauenfreundinnen« in Zukunft mit mehr Achtung und Respekt vor ihren Aufgaben begegnen, und ich erhoffe mir das Gleiche von ihnen, dass auch sie meine berufliche Tätigkeit voll akzeptieren. Zum Teufel, es muss doch möglich sein, dass wir uns gegenseitig anerkennen und respektieren und der Männerwelt vereint entgegentreten, damit auch Männer uns alle endlich so nehmen, wie wir sind, und als gleichwertig anerkennen. Wir sind doch nicht schizophren, oder?

Von nix kommt nix

Ich habe eine beste Freundin. Zu den Zeiten unserer Großmütter hätte man so etwas Busenfreundin genannt. Heutzutage könnte diese Bezeichnung aber leicht missverstanden werden. Wir gehen gemeinsam durch dick und dünn, trösten uns bei Liebes- und sonstigem Kummer, kurzum wir mögen uns sehr. Ich würde sie sogar, und das ist das Höchste, was ich einer Frau zugestehe, ohne Bedenken mit meinem Mann auf eine einsame Insel reisen lassen. Meine beste Freundin Lena, von allen Lenchen genannt, ist eine patente, lebenstüchtige Person, die für alle Lebenslagen Lösungen und immer einen passenden flotten Spruch parat hat. Wenn sie sich zum x-ten Mal meine Horrorgeschichten anhört, ich scheine oft geradezu vom Pech verfolgt, sagt sie: »Sei ruhig, sei vorsichtig«, und immer folgt zum Schluss: »Von nix kommt nix.«

Vor einigen Tagen besuchte ich mit ihr einen Weihnachtsmarkt, ihr zuliebe, denn ich hasse Weihnachtsmärkte. Statt nach Weihrauch und Myrrhe roch es nach Fritten und Glühwein. Und anstelle besinnlicher Weisen hörte man überall lautes Weihnachtsliedergedudel. Überall wurde gegessen und getrunken, und meine Freundin blühte geradezu auf. Ihre Augen glänzten, sie lotste mich von Bude zu Bude und aß und trank. Und dann passierte Folgendes:

»Lena«, mahnte ich, so nenne ich sie nur, wenn ich ernsthaft mit ihr rede. »Lena, halt, hör auf.« Man muss wissen, Lena ist 1,59 Meter klein und wiegt 200 Pfund. Dabei ist sie zugegebenermaßen recht ansehnlich. Blondgelockt, pausbäckig, rundherum appetitlich wie ein niedliches Silvesterspanferkel. Aber so etwas sagte ich ihr natürlich nicht, schließlich ist sie meine beste Freundin. Mein Mann nennt sie allerdings fett, was seiner Wertschätzung jedoch keinen Abbruch tut … Ob ich sie wohl deshalb mit ihm auf eine einsame Insel lassen würde? Na, ist ja egal. Lena stopft auf jeden Fall alles genüsslich in sich hinein und gibt sich redlich Mühe, mich in die Fress- und Trinkorgie einzubeziehen, nicht nur auf dem Weihnachtsmarkt. Doch ich weigere mich standhaft, denke an die Kalorien und fühle mich – zugegebenermaßen – recht miesepetrig, wie man im Norden sagt.

Zurück zum Weihnachtsmarkt. Lena mahnte nun: »Iss und trink, von dem bisschen nimmst du nicht zu, und du weißt doch, meine Pfunde kommen nicht vom Essen, es sind die Drüsen.« Und dann fuhr sie seufzend fort: »Ja, von nix kommt nix.«

Jetzt konnte ich nicht mehr an mich halten und polterte los: »Natürlich kommen die Pfunde vom Essen. Wenn ich so viel in mich reinschaufeln würde …« Ich hielt inne, ich wollte sie nicht ver-letzen, schließlich ist sie meine beste Freundin. Ich sah sie an, sie lächelte, sie hatte meinen Aus-bruch nicht gehört. Dank dem Weihnachtslieder-gedudel.

Mir hat dieser Vorfall aber die Augen geöffnet. Ich habe glasklar erkannt: Klugheit, Einsichts-fähigkeit und Weitsichtigkeit machen oft vor der eigenen Person halt. Man sieht und hört nur das, was man sehen und hören will. Ich glaube, wissen-schaftlich nennt man das selektive Auswahl. Alles andere wird verdrängt, ganz unbewusst, und zum Schluss glaubt man fest daran und kann es sogar überzeugend vortragen: Ja, von nix kommt nix.

Träume sind Schäume

Meine Freundin Frieda, an dem Namen merken Sie schon, wir gehören zu den älteren Semestern, erzählte mir mal folgende Geschichte: »Wir kamen als Flüchtlinge nach dem Krieg in ein kleines Dorf in Bayern. Dort wurde ich eingeschult. Eines Tages kam ich in den Klassenraum, der von einem wunderbaren Duft erfüllt war. Ich konnte nicht genug davon einatmen. Was mochte das nur sein? Dann hörte ich einen Jungen sagen: ›Ich habe euch geröstete Maronen mitgebracht.‹ Er hob eine Tüte hoch, darin lagen braune, runde, aus der stacheligen Schale geschälte Kastanien. Er aber nannte sie Maronen. Mir lief das Wasser im Munde zusammen. Diese Maronen mussten – dem Duft nach zu schließen – etwas ganz Köstliches sein. Sicher schmeckten sie süß, vielleicht ein wenig wie Marzipan. Das kannte ich noch aus der Zeit vor dem Krieg. Du weißt vielleicht selbst noch«, fuhr sie fort, »nach dem Krieg gab es nicht viel. Statt Kaffee Muckefuck und an Stelle von Süßigkeiten höchstens Rübenkraut.

Der Junge ging von Bank zu Bank, wir saßen noch auf Zweierbänken, und verteilte die Früchte. Als er zu mir kam, war die Tüte leer. Ich bekam keine Marone. Die anderen Kinder schmatzten und verdrehten die Augen. Ich blieb ganz still, sog nur den köstlichen Duft ein. Seit dieser Zeit waren für mich Maronen der Inbegriff von etwas Köstlichem und Außergewöhnlichem. Sie geisterten durch meine Träume und ich meinte immer, diesen herrlichen Duft einzuatmen.

Sehr viel später, nach Jahren, sah ich auf dem Jahrmarkt einen Stand mit Maronen. Inzwischen wusste ich, dass es sich bei Maronen um Edel- oder Esskastanien handelt. Endlich würde sich mein Traum erfüllen und ich diese Köstlichkeit probieren können. Bei dem Gedanken lief mir gleich das Wasser im Munde zusammen. Ich eilte und kaufte eine Tüte. Ich nahm eine Marone, schloss die Augen und biss hinein. Oje, fast hätte ich sie ausgespuckt. Sie schmeckte mehlig, kein bisschen süß und überhaupt nicht wie Marzipan, sondern irgendwie nach Kartoffeln ohne Salz. Ich war grenzenlos enttäuscht. Da habe ich erkannt: Es stimmt, Träume sind Schäume. Illusionen und Wunschvorstellungen überleben die Wirklichkeit nur ganz selten. Das ist so.«

Es lebe die Midlife-Crisis!

Es gibt sie wirklich, die oft beschriebene, viel belästerte, geradezu belachte Midlife-Crisis. Ich stecke mittendrin und jetzt erst habe ich erkannt, wie kompliziert und vielschichtig sie ist. Da ist erst einmal die Erkenntnis, dass wir sozusagen nicht mehr taufrisch sind, dass unsere Anziehungskraft, um es ganz vorsichtig zu formulieren, nachgelassen hat. Drastischer ausgedrückt, und das zeigt auch der Spiegel, wir sind nun nicht mehr so attraktiv, sexy und begehrenswert wie noch vor 20 Jahren. Männer leiden unter dem Älterwerden übrigens auch – sie haben es bisher nur immer verschwiegen, nicht so publik gemacht und im Übrigen sind sie doch auch besser dran. Sie verfügen von Natur aus über ein strafferes Bindegewebe und leiden daher auch nicht an Zellulitis. Außerdem ersetzen bei ihnen Statussymbole wie Mercedes, Golfschläger und die wohlgefüllte Brieftasche das jugendliche Aussehen. Jüngere Frauen sehen darin immer noch genug Attraktivität. Das gilt im Übrigen auch für Karrierefrauen, auch Powerfrauen genannt. Auch sie finden – nach Illustriertenberichten – genügend, sogar zumeist jugendliche Verehrer. Macht und Geld haben anscheinend sexuelle Ausstrahlungskraft. Für uns »Normalfrauen« heißt es jedoch, sich mit dem Alter abzufinden. Es führt kein Weg daran vorbei, wenn auch die Zahl derjenigen, die versuchen, die Zeit durch Facelifting und Ähnliches anzuhalten, immer weiter ansteigt.

Den Alterungsprozess habe ich bisher ganz gut verkraftet. Wenn ich in den Spiegel sehe, zeigt sich, dass ich mich ganz gut gehalten habe. Ich trage heute noch Kleidergröße 40. Vor Jahren hätte ich mich in Größe 38 gezwängt und das Kneifen über Hüften und Po ignoriert. Heute habe ich es lieber bequemer, und die Mode kommt mir entgegen, lässig nennt man das jetzt. Meine Haare schimmern immer noch goldbraun, Tönungen machen das schnell und problemlos möglich. Und meine Zähne sind dank meines Zahnarztes und meiner intensiven Pflege tadellos. Mit anderen Worten: Ich bin noch ganz gut in Schuss, um es mal salopp zu sagen. Meine Großmutter trug in meinem Alter Schwarz oder Grau, ihre Haare waren in einen Knoten gezwängt, Dutt nannte man das damals. Sie hatte ein schlecht sitzendes Gebiss, mit dem sie immer vor sich hin mummelte. Sie war eine alte Frau, so sah sie aus und so gab sie sich auch, jedenfalls in meiner Erinnerung. Wir Endvierzigerinnen – das klingt doch besser als Fünfzigjährige – meinen jedoch, wir müssten mit den Zwanzigjährigen, zumindest jedoch mit den Dreißigjährigen konkurrieren, was Attraktivität und Aussehen anbelangt, und sind enttäuscht, wenn uns die Männer auf der Straße nicht mehr nachpfeifen. Vor Jahren haben wir darüber noch Entrüstung geheuchelt.

Mit dem Alterungsprozess als Aspekt der Midlife-Crisis bin ich bisher also ganz gut fertig geworden. Ich habe endlich mit den Jahren so viel Selbstbewusstsein erlangt, dass ich auf Äußerlichkeiten nicht mehr so viel Wert lege. Ich marschiere heute mit bequemen, vernünftigen Schuhen durch das Leben, die Stilettos, das Sexsymbol schlechthin, habe ich verbannt, mir taten damit sowieso immer die Beine weh. Ich habe zu mir selbst gefunden. Vielleicht kommt meine Einstellung daher, dass ich noch nie eine Schönheit war. Mein Mann hat mich wegen meinem Temperament, Humor und meiner optimistischen Lebenseinstellung geheiratet. Diese Eigenschaften bleiben ja, Gott sei Dank, die bekommen keine Falten. Nein, mit dem Älterwerden an sich werde ich ganz gut fertig. Bei mir äußert sich die Lebensmittekrise anders. Ich habe das IRGENDETWAS–FEHLT–SYNDROM! Sie fragen, was das ist? Ich will es erklären. Jetzt, da nach der Statistik zwei Drittel meines Lebens verronnen sind, beginne ich mich plötzlich nach dem Sinn meines Lebens zu fragen und zu zweifeln. »Ist das alles?«, frage ich mich.

Gut, ich habe im Beruf eine Position errungen. Ich führe eine gute Ehe, wie ich meine. Eigentlich ist das ja schon was. Aber ist das alles? Sollte das alles sein? Immer wieder denke ich an den Ausspruch vom Hauptmann von Köpenick. Sie erinnern sich? Das ist die Geschichte von dem liebenswerten Gauner, der fast sein ganzes Leben im Knast verbracht hat und zu Ruhm gelangte, als er mit List die preußische Heereskasse erbeutete. Richtig, Heinz Rühmann hat die Rolle gespielt. Er fragt sich: »Wenn der da oben fragt: ›Was haste gemacht mit deinem Leben?‹, muss ich antworten: ›Fußmatten.‹«

Na, Fußmatten habe ich zwar nicht gemacht, aber mir drängt sich die Frage auf: War es viel mehr? Ich habe keine Kinder geboren, in denen ich fortleben könnte. Keine Werke geschaffen, die mir zur Unsterblichkeit verhelfen könnten. Ja, Bäume habe ich gepflanzt, aber reicht das für die Ewigkeit? Habe ich mein Leben sinnvoll gestaltet? Die Antwort fällt nicht befriedigend aus. Aber eines ist mir bewusst geworden: Ich möchte Spuren hinterlassen. Ich möchte nicht wie ein Sandkorn in der Wüste vom Wirbelsturm der Ewigkeit hinweggeweht werden. Veränderungen sind nötig. Sie zu finden und durchzusetzen, das ist zurzeit mein Ziel. Das ist sie dann wohl auch, die Krise der Lebensmitte.

Aus Gesprächen mit meinen Freundinnen, die Hausfrauen sind, weiß ich, dass es ihnen ähnlich geht. Sie befinden sich jetzt, wie ihre Männer es ironisch nennen, auf dem Selbstverwirklichungs-

oder Selbstfindungstrip. Sie besuchen Kurse in Yoga, lassen sich zu Heilpraktikerinnen ausbilden oder versuchen ins Berufsleben zurückzukehren. Sie haben ihre besten Jahre mit der Kinderaufzucht, -erziehung und Haushalt verbracht. Ihr Lebensinhalt, die Kinder, verlassen das Haus. Sie sind damit quasi arbeitslos geworden, denn nur Haushalt ist doch wohl keine ausfüllende, befriedigende Tätigkeit, oder?

Damit befinden wir uns in einer ähnlichen Situation. Für die einen ist die bisherige sie ausfüllende Tätigkeit entfallen, die anderen erkennen, dass bei allem Erfolg im Beruf doch eine Leere besteht. Wir haben alle das IRGENDETWAS-FEHLT-SYNDROM. Hiervon bleiben im Übrigen auch die Männer nicht verschont. Auch sie müssen im Mittelalter, vor allem wenn sie in den Manageretagen sitzen, erkennen, dass der Beruf auf Dauer nicht die einzige Befriedigung sein kann. Mit dem Nachrücken jüngerer dynamischer Konkurrenz ist der Kampf ums Überleben, um die Position, angesagt. Wenn sie nicht resignieren oder einen Herzinfarkt erleiden wollen, müssen auch sie Zeichen setzen und Veränderungen anstreben. So erfüllt die Lebensmittekrise eine wichtige sinnvolle Funktion. Wir sollten sie dankbar annehmen. NACHDENKEN UND VERÄNDERN IST ANGESAGT. ES LEBE DIE MIDLIFE-CRISIS.

Et Marie – unsere Marie

Nach den Trendmeldungen in Publikationen, wie sie den Rubriken »in« oder »out« zu entnehmen sind, findet zurzeit eine Rückkehr zu längst überholt geglaubten Wertvorstellungen und Lebensformen statt. Wir haben anscheinend erkannt, dass wir auf zwischenmenschliche Kontakte, Beziehungen, auf ein Miteinanderleben angewiesen sind. Gute Nachbarschaft ist wieder angesagt, ist »in«. Für uns, meinen Mann und mich und unsere Nachbarn, ist das ein alter Zopf, wir praktizieren gute Nachbarschaft schon seit Langem. Schon bei unserem Einzug in unser Reihenhaus in einem am Rhein gelegenen Vorort Kölns – es ist nicht Rodenkirchen – wurden wir von der Nachbarschaft herzlich empfangen. Brot und Salz wurden überreicht, auf dass dieses in unserem Haus nie ausgehen möge. Seit dieser Zeit erleben wir täglich, wie wichtig gute Nachbarschaft ist. Die Seele unserer Nachbarschaft ist »et Marie«, wie man in Köln sagt. Marie ist keine Rheinländerin. Sie ist groß, stattlich, blond und blauäugig. Marie müsste eigentlich, nach meinen Vorstellungen zumindest, Thusnelda heißen. Ja, so muss Thusnelda ausgesehen haben.

Was, Sie kennen Thusnelda nicht? Da haben Sie wohl im Geschichtsunterricht geschlafen.

Thusnelda war die Frau des Arminius, des Cheruskerfürsten. Ja, ich merke, Sie erinnern sich. Der, der die Römer im Teutoburger Wald geschlagen hat, das Hermannsdenkmal bei Detmold erinnert daran. Ich bin sicher, Arminius hat die Römer nur mit Thusneldas Hilfe schlagen können – mit den Tussis von heute, mickrig und blutarm, hätte er das sicher nicht geschafft. Ja, so eine rechte Germanin ist Marie, obwohl ich bezweifle, dass ihr Mann Hans die Römer hätte schlagen können. Aber das ist eine andere Sache. Leichte Abstriche an der Germania müssen Sie jedoch insoweit machen, als Marie keine Zöpfe, sondern einen modernen Pagenkopf trägt. Ich hoffe, Sie sehen sie jetzt bildhaft vor sich. Maries Ausstrahlung ist warm, herzlich und vital. Ihr Temperament ist umwerfend und ihr Lachen ansteckend. Marie lacht aus vollem Halse, sie könnte für diesen Ausspruch geradezu Pate gestanden haben. Sie ist eine gestandene Person mit gesundem Mutterwitz. Ein Lebenskamerad – jemand zum Festhalten. Sie geht unbeirrbar ihren Weg. Über das heute so moderne Geschwätz von Selbstverwirklichung kann sie nur lachen – Marie verwirklicht sich stets selbst, auch in ihrer Eigenschaft als Hausfrau und Mutter. Geburtstage, Verlobungen, Hochzeiten, Karnevalsfeste, Nikolausfeiern, was an Feierlichkeiten sonst noch anfällt, werden von Marie organisiert. Darüber hinaus tätigt sie Öleinkäufe, flächendeckend für ganze Straßenzüge – dementsprechend billiger ist es dann auch. Schornsteinfeger, E-Werk-Ableser haben bei uns stets Zutritt – Marie macht es möglich. Sie hat die Schlüsselgewalt über die Haushalte der Berufstätigen. Selbst Zustellungen durch die Post sind gesichert. Marie hat Vollmacht. Sie regelt nahezu alles. Wehe, einer wagt es, sich ihren Vorstellungen zu widersetzen. Ich kann ein Lied davon singen. Ich hatte meinen Geburtstag mit der schrecklichen Zahl »50« ignoriert und war vor allen Feiern geflohen. Als mein Mann und ich abends nach Hause kamen, wurden wir im Vorgarten von einer Riesenleinwand – aufgeknüpft an einer Wäscheleine – empfangen. »Wir gratulieren« war in grellen Farben zu lesen und die goldene »50« schwankte im Wind. Als wir uns schnell durch die Haustür stehlen wollten, strömte die Nachbarschaft von nah und fern herbei und dann fand die Feier doch statt. Marie hatte für alles gesorgt. Getränke und Essbares standen bereit. Es wurde ein schönes Fest, das der »50« den Stachel nahm. Ich erinnere mich gern daran und ich versprach: Vor der »60« rücke ich nicht wieder aus.

Die schönsten Stunden verlebten wir aber stets bei Marie. Bei ihr ist immer »jet los«. Sie hat eine große Familie zu versorgen, aber neben den Familienmitgliedern finden sich bei Marie geradezu Heerscharen ein. Kinder wimmeln herum, Freundinnen und Bekannte bevölkern ihr Domizil.

Ihr Mann Hans muss manchmal ein Machtwort sprechen, und ich, die ich gern einmal allein bin, kann ihn verstehen. Alle, die mit den Schwierigkeiten des Lebens nicht zurechtkommen, suchen bei ihr Trost und Rat, und da sie außer Zuspruch auch Kaffee und Kuchen verteilt, verlässt man sie stets gestärkt an Leib und Seele. Keine Kummerkastentante kann es mit Maries guten Ratschlägen aufnehmen. Sie hat schon manche Ehe gekittet, viele aufgerichtet, viele getröstet und manchmal frage ich mich: »Wie macht sie das nur?«

Ich glaube, Verstehen, Rat geben, Hilfe leisten, das alles hat ihr eine gute Fee schon in die Wiege gelegt. Sie ist immer in Bewegung. Sie bäckt und brät, sie werkelt mit Vorliebe im Garten. Sie hat ein grünes Händchen, wie es Gärtner Poetschke nennen würde. Bei Marie ist es immer gemütlich. Sie versteht es, mit wenigen Mitteln Atmosphäre zu zaubern, wie ich es sonst nur bei meiner Mutter erlebt habe. Wir – ihre Nachbarn – zehren alle von ihrer Großzügigkeit, ihrem Einsatz, ihrer Lebensfreude, wir nutzen sie geradezu aus. Wir wissen aber alle ganz genau: Wir wären arm dran ohne sie – unsere Marie.

Erinnerungen

Heutzutage ist es ja geradezu in, Mutter-Tochter-Beziehungen zu problematisieren und zu analysieren. Von Abhängigkeiten, Schuldgefühlen und Schuldzuweisungen ist die Rede. Die für mich hier wesentlichen Begriffe wie Liebe, Verbundenheit und Zuneigung bleiben dabei auf der Strecke. Ich schwimme jetzt mal gegen den Strom; ich sage es frank und frei: Ich denke mit Dankbarkeit und Liebe an meine – unsere – Mutter. Wenn ich die Augen schließe, sehe ich sie vor mir. Rauchend, geradezu genussvoll den Tabakqualm inhalierend, und wenn ich meine Ohren in die Erinnerung einbeziehe, dann höre ich sie husten – Sie kennen diesen bellenden Raucherhusten vielleicht auch. Etwas despektierlich nannten wir sie daher unseren »hustenden Berglöwen«. Aber nur hinter ihrem Rücken und ganz leise, sie hat es, glaube ich, nie erfahren. Wie ein Berglöwe, auch Puma genannt, war sie immer auf dem Sprung, etwas zu erledigen, jemandem zu helfen, irgendetwas zu tun.

Äußerlich war meine Mutter der Typ »mollige Carmen«, wobei ich zugeben muss, dass mollig eine leichte Untertreibung war. Dick konnte man sie aber auch nicht nennen. Sie war rund, an ihren Ellenbogen und Knien konnte man sich nicht stoßen, auf ihrem Schoß saß man weich, wobei ich nie ein Schoßkind war, aber meine jüngere Schwester, und die kann es bestätigen. Und was den Namen Carmen betrifft, so will ich damit zum Ausdruck bringen, dass sie von ihrem Äußeren her für eine Südländerin hätte gehalten werden können. Sie trug ihre fast bis zum Rücken reichenden schwarzen Haare – Färbung machte es bis ins hohe Alter möglich – zu einem Knoten geschlungen. Daneben hatte sie eine leidenschaftliche Vorliebe für große, zumeist goldgelbe Hängeohrringe. Sie trug sie fast ständig, ihre Ohrläppchen waren davon ausgeleiert wie bei den Zulu-Frauen. Sie kennen doch diesen afrikanischen Stamm? Ihre Vorliebe für farbenfrohe Kleider, Schals und Umhängetücher rundeten das »Spanierinnenbild« ab. Sie sehen, unsere Mutter war schon rein äußerlich eine ungewöhnliche Frau. Sie war praktisch, handfest und hatte vom Leben Vorstellungen, die sie stets durchzusetzen versuchte. Mit anderen Worten: Eine gewisse Dickköpfigkeit und Halsstarrigkeit besaß sie auch.

Sie war nicht religiös und trotzdem setzte sie es durch, dass wir alle getauft wurden. Und das zu einer Zeit, als es in und politisch sogar klug war, aus der Kirche auszutreten. Sie hat es sicher für uns getan, im Glauben, ihren Pakt mit dem da oben einhalten zu müssen.

Der Lieblingsausspruch meiner Mutter lautete: »Denken, denken, auch im Haushalt.« Und ich, die ich etwas zum »Hudeln« neige – Sie verstehen sicher, was ich meine –, bekomme diesen Satz heute noch von meinem Mann vorgebetet, wenn ich die Kaffeemaschine anlasse, den Hahn der Spülmaschine nicht zudrehe und meinen Hausschlüssel stecken lasse. Er begleitet mich quasi durchs Leben. Der Ausspruch zeigt aber auch, welchen Wert meine Mutter einer ordentlichen Haushaltsführung beimaß. In diesem Sinne eifere ich ihr allerdings nicht nach, und meinen Wunsch nach Studium und Beruf hat sie mir erst verziehen, als sie merkte, wie erfolgreich ich war.

Es ist wirklich schade, dass sie jetzt nicht mehr erleben kann, wie nahezu – diese Einschränkung muss ich ehrlicherweise machen – perfekt ich meinen Haushalt schmeiße. Und wenn sie jetzt meine selbstgemachte Marmelade probieren würde, würde sie staunen und wäre stolz, dass ihre Lehren doch endlich gefruchtet haben.

Etwas, was ich auch nie vergessen werde, ist die Geldzuteilung mit dem Satz: »Für wenn mal was ist.« Wenn wir uns auf Schulausflüge oder sonst wie auf Reisen begaben, bekamen wir immer einen Betrag, der nur für »Außergewöhnliches« ausgegeben werden durfte. Ansonsten musste er wieder abgeliefert werden. Heute noch gibt es bei mir die Kasse »Für wenn mal was ist«.

Mein Vater gehörte – wie ja fast alle erfolgreichen Männer dieser Generation – zu denen, die ihren Nachwuchs am liebsten frisch gewaschen, wohlgelaunt und wohlerzogen zur Kenntnis nahmen und die Erziehung und Problemlösung ihren Frauen, den Müttern, überließen. Mit anderen Worten, ich erkannte sehr früh, dass es eigentlich zwischen der mütterlichen Selbstaufgabe und dem väterlichen Patriarchengehabe einen Mittelweg geben musste. Ging es vielleicht vielen Töchtern so? Kommt daher der Drang zur Emanzipation und Gleichberechtigung? Erkannten wir alle, dass wir so selbstaufopfernd wie unsere Mütter nicht werden können – oder wollen? Unsere Mutter hat immer für uns, ihre Familie, gelebt, hat ihre Wünsche immer hintenangestellt. Sie hat für und um uns gekämpft und gelitten. Sie hat versucht, die Schwierigkeiten des Lebens so lange wie möglich von uns fernzuhalten.

Ich habe keine Kinder, ich glaube, unbewusst habe ich geahnt, so viel Selbstaufgabe, so viel Selbstaufopferung, so viel Hingabe habe ich nicht zu geben. Aber jetzt, da ich älter geworden bin und an meine Mutter zurückdenke, weiß ich: Sie hat richtig gelebt. Sie lebt jetzt in uns, in ihren Kindern und Enkelkindern weiter. Wir denken mit Liebe, Rührung und Wehmut an sie. Viele ihrer Gedanken und Vorstellungen leben auf diese Weise fort. Das ist wahrscheinlich das Leben in der Ewigkeit. Wir werden sie nie vergessen, unsere großzügige, liebevolle, manchmal etwas despotische Mutter.

Der Verdacht
oder
Der schöne Tod

Es war ein herrlicher Morgen. Sie saß auf ihrer Terrasse, die Sonne schien, die Vögel zwitscherten. Sie schlürfte genüsslich ihre zweite Tasse Kaffee, mehr durfte sie wegen ihres schwachen Herzens nicht trinken. Dann griff sie zur Zeitung, wenn man dieses Blättchen überhaupt so nennen durfte. Sie blätterte bis zu den Todesanzeigen, die sie mit geradezu abartigem Vergnügen las. Nein, sie erfreute sich nicht am Tod ihrer Mitmenschen, aber sie amüsierte sich darüber, wie viel in diesen letzten Grüßen geheuchelt und sogar gelogen wurde. Da wurde das Hinscheiden des lieben Vaters betrauert, der – man kannte sich ja im dörflichen Umfeld – ein Geizkragen, Säufer und Schläger gewesen war. Was musste diese Familie aufatmen, dass er endlich tot war. Da verabschiedete man sich mit tränenreichen Sinnsprüchen von Oma Helene, dabei wusste jeder, dass nur auf das Ende und das Erbe gewartet worden war. Es hatte sie auch nie jemand von der Familie besucht. Keiner hatte sich um sie gekümmert.

Dann stutzte sie. Sie las den Namen Karin Meister. War das ihre Bekannte, die vor einem Jahr das beschauliche Örtchen verlassen und in ein Altenheim gezogen war? Sie guckte genau hin. Geburtstag und Ort stimmten überein. Ihre Freundin Karin war verstorben. Wie hatte sie bei ihrem Umzug gesagt: »Ich ziehe nicht in ein Altenheim, sondern in eine Premium-Seniorenresidenz.« Wie hatte sie geschwärmt: »Ihr könnt euch das nicht vorstellen, das ist quasi ein Vier-Sterne-Hotel. Fantastisch, Service rund um die Uhr. Das Essen findet in einem herrlichen Speiseraum statt und ist übrigens hervorragend. Ich habe selbst im Ritz nicht besser diniert.« Damit wollte sie zum Ausdruck bringen, wie viel sie gereist und in welchen exklusiven Hotels sie abgestiegen war. »Man hat alle Freiheiten, nichts ist wie in einem gewöhnlichen Altenheim. Es gibt sogar Appartements für Besucher. Aber das brauche ich nicht, ich habe eine 80 m² große Wohnung.«

Die Freundinnen hatten bei dieser Schilderung mit offenem Mund dagesessen. Der Neid saß mit am Tisch. Dann fragte eine: »Und was kostet dieses Traumheim?«

Karin hatte ganz locker geantwortet: »2500 Euro im Monat.« Und dann, nach einigem Zögern hatte sie hinzugefügt: »Und man muss einen Einstandspreis von 100.000 Euro zahlen. Bei vorzeitigem Auszug bekommt man das Geld zurück. Es ist quasi ein zinsloses Darlehen.«

Sie konnten es alle gar nicht glauben. 2500 Euro im Monat, das zahlte man in den gewöhnlichen

Altenheimen ja auch – fast. Sie alle kannten andere Heime von Besuchen. Sie erinnerten sich an den eigenartigen Geruch, wenn man ein solches Haus betrat. An die Flure, wo die Alten – Senioren wurden sie ja nur in Premiumhäusern genannt – in ihren Rollstühlen vornübergeneigt, schweigend, mit leeren Blicken saßen. Man ergriff nach einem solchen Besuch stets die Flucht und wollte nur eins: nicht an das Alter, an Krankheit und Hilflosigkeit denken.

Und jetzt war Karin tot. Sie konnte es noch immer nicht fassen. Karins Schilderung des Heims war zutreffend gewesen. Prospekte hatten mit einem einzigartigen Ambiente geworben.

Sie hatten ihren monatlichen Spielenachmittag mit Bridge oder Skat oder Dame dorthin verlegt. Noch vor zwei Wochen waren sie bei ihr gewesen. Frau Pfennig, so hieß die Leiterin, hatte sie als Gäste der Residenz immer großzügig bewirtet. Es gab Gebäck, Tee, Kaffee und sogar ein Likörchen hatte nie gefehlt. Und alles war für Karin inklusive gewesen. Frau Pfennig war eine reizende Gastgeberin. Sie ist so um die 40 und sieht immer gepflegt aus, so richtig gediegen, wie man in Norddeutschland zu sagen pflegt. Sie ist um alles und alle bemüht. Wir mögen sie sehr. Nur Anna, die eigene Ansichten hat, hatte einmal gesagt: »Sie hat so eiskalte Augen und ihre Betulichkeit und Herzlichkeit wirken irgendwie gespielt und unecht.« Wegen der Proteste aller hatte sie das aber nie wiederholt.

Greta hatte das Heim so gut gefallen, dass sie vor circa acht Wochen um einen Aufnahmeantrag gebeten hatte. Die 100.000 Euro für den Einstand hatte sie gespart und die 2500 Euro Miete waren bei ihrer Pension kein Problem. Der Aufnahmeantrag enthielt allerdings eine Frage zu ihrem Gesundheitszustand. Aber ihre Herzschwäche dürfte kein Problem sein, auch Karin war herzkrank gewesen. Es stand jedoch zur damaligen Zeit keine Wohnung zur Verfügung. Frau Pfennig hatte ihr aber erklärt: »Es wird immer etwas frei. Manchmal geht das ganz schnell. Sie werden sicher nicht lange warten müssen.«

Sie griff nun zum Telefon und erkundigte sich bei dem Heim nach den Umständen von Karins Tod. Die Auskunft lautete: »Es war ein Unfall.« Jetzt rief sie ihre Freundinnen an, die auch schon die Anzeige gelesen hatten. Sie beschlossen, das Heim aufzusuchen, um Einzelheiten zu erfahren.

Frau Pfennig empfing sie mit erstickter Stimme und unter Tränen schilderte sie die Ereignisse: »Eine unserer Seniorinnen, Frau Hammer, feierte ihren Geburtstag. Sie hat die Wohnung in der oberen Etage, es war alles sehr lustig. Ihre Freundin Karin hat sogar ein Gläschen Champagner getrunken.«

Anna murmelte: »Na ja, in diesem Heim muss es ja Champagner sein, Sekt tut es da nicht.«

»Frau Meister«, so fuhr Frau Pfennig fort, »soll als Letzte gegangen sein. Wir fanden sie dann am nächsten Morgen am Fuß der Treppe, die vom oberen Stockwerk herunterführt, tot auf. Sie muss die Treppe benutzt haben und hinabgestürzt sein. Wir verstehen das nicht. Die Treppe soll nur im Notfall benutzt werden. Wir haben immer wieder darauf hingewiesen, den Lift zu benutzen. Der Lift war am Morgen auch völlig intakt.«

Sie ließen sich die Treppe zeigen. Sie war zugegebenermaßen sehr steil und die Treppenstufen waren sehr schmal. Da konnte man leicht stürzen. »Aber Karin war doch immer so vorsichtig gewesen. Sie hat sich immer am Geländer festgehalten. Sie hat immer Angst gehabt zu stürzen«, warf Anna ein. Plötzlich bückte sie sich zu einer Treppenstufe und hob etwas auf.

»Anna, was ist?«, fragten alle. Dann sahen sie eine trockene Erbse in ihrer Hand.

»Psst!«, flüsterte Anna, hob den Finger zum Mund und wies auf Frau Pfennig, die etwas entfernt mit dem Rücken zu ihnen stand.

Sie verabschiedeten sich und verließen das Heim. Vor der Tür fragten sie erneut: »Anna, was ist? Was sollte Frau Pfennig nicht wissen?«

Anna guckte ernst und nachdenklich und sagte: »Ihr wisst doch, ich habe lange in Köln gelebt und da gibt es diese Mär von den Heinzelmännchen, die dort jeder kennt.« Und sie zitierte: »Wie war es doch in Köln vordem mit Heinzelmännchen so bequem.«

Da fielen alle ein: »Wir kennen die Geschichte. Die Wichtel haben des Nachts die Arbeiten für die Kölner Handwerker erledigt, während diese faul schliefen. Und dann hat eine neugierige Meisterfrau Erbsen auf die Treppe gestreut, um sie zu ertappen und sie endlich zu sehen. Die Männchen sind dann die Treppe hinuntergestürzt und man hat sie nie wieder gesehen. Aber was soll die Geschichte?«, fragten sie.

»Na«, sagte Anna, »was wäre, wenn jemand den Lift abgestellt und Erbsen auf die Treppe gestreut hätte, damit jemand stürzt, und dann den Lift wieder angestellt hätte?«

»Anna, du spinnst!«, entrüsteten sich alle. »Du liest zu viele Krimis, hör auf!« Obwohl sie die Jüngste ist, neigt sie immer dazu, Unheil zu sehen. Hat sie ihren Schmuck verlegt, haben Diebe ihn gestohlen. Starb jemand überraschend, wurde er umgebracht. Man kennt das ja, alte Leute neigen zu so etwas.

Jetzt murmelte Anna ganz leise: »Der Sache gehe ich auf den Grund.«

Nach einigen Wochen kamen sie wieder zu ihrem Spielenachmittag in die Residenz. Greta war inzwischen dort eingezogen. Das Versprechen von Frau Pfennig nach Einreichung des Mietantrags, sie brauche sicher nicht lange zu warten, hatte sich durch Karins Tod erfüllt. Außerdem hatten sie Frau Hammer, die Dame, nach deren Geburtstagsfeier Karin gestürzt war, in ihre Runde aufgenommen. Anna kam als Letzte und redete sofort los: »Wisst ihr, dass in der letzten Zeit drei Bewohner der Residenz ganz plötzlich verstorben sind?« Und dann fügte sie beschwörend hinzu: »Und wisst ihr, dass die Rückzahlungsklausel für die 100.000 Euro nicht im Todesfall gilt? Die Residenz bekommt den Betrag. Und deren Inhaberin ist Frau Pfennig. Sie stammt übrigens aus Köln. Sie muss die Geschichte mit der Treppe und den Erbsen kennen.«

Jetzt fiel ihr Frau Hammer ins Wort: »Was ist mit den Erbsen? Hoffentlich hat mein Enkel nicht wieder Erbsen verloren …«

»Ihr Enkel?«, fragte Anna.

»Ja«, Frau Hammer nickte. »Das muss ich wohl erklären. »Mein Enkel besucht mich zwei Mal in der Woche. Da er so schlecht rechnet, übe ich mit ihm. Ich ziehe Erbsen auf eine Schnur, und wenn ich zum Beispiel frage, was drei plus zwei ist, zieht er erst drei und dann zwei von oben nach unten und zählt sie dann mit seinen kleinen Fingern ab. Er ist ja erst sechs. Er nimmt dann die Schnur mit nach Hause, um weiterzuüben. Vor einiger Zeit, es muss noch vor Karins Tod gewesen sein, ist ihm beim Verlassen des Heims auf der Treppe, er benutzt nie den Lift, die Schnur gerissen. Aber er hat versichert, dass er alle Erbsen wieder eingesammelt habe.«

Alle lachten befreit auf. Und Anna begann sich zu schämen. Kurz danach hat auch sie sich einen Aufnahmeantrag für die Residenz geben lassen. Auch sie hatte keine Verwandten, und da sie Vermögen besaß, waren die Einlage und die Miete für sie kein Problem. Das Heim gefiel ihr zu gut, sie musste jetzt Vorsorge treffen. Aber auch ihr hatte Frau Pfennig erklärt, dass zurzeit keine Wohnung zur Verfügung stehe, dass aber immer wieder etwas frei werde und dass das manchmal sehr schnell gehe. Ihre chronische Erkrankung spiele bei der Aufnahme sicher keine Rolle.

Nach einigen Wochen bekam sie einen Anruf von Frau Pfennig: »Wir haben Ihre Freundin Greta heute im Bett tot aufgefunden. Am Abend vorher hatte sie noch an einer Feier teilgenommen. Sie war sehr lustig und hat sogar ein Glas Champagner getrunken. Laut Auskunft des Arztes hat sie einen Herzinfarkt erlitten. Es ist möglich, dass sie von ihren Digitalistabletten unvorsichtigerweise zu viele genommen hat. Sie muss ohne Schmerzen sofort tot gewesen sein. Anna informierte die Freundinnen. Sie waren sich alle einig: Karin und Greta hatten einen schönen Tod, schnell, ohne Siechtum und langes Leiden. Herausgerissen aus einem zufriedenen, glücklichen Leben. Anna beschloss, möglichst schnell in die Residenz zu ziehen. Es war ja jetzt etwas frei.

Geschenkgutscheine

Ich gehöre anscheinend einer aussterbenden Spezies an. Wenn ich Freunden und Verwandten in der Ferne zu irgendwelchen Festen – Geburtstag, Verlobung, Hochzeit etc. – gratuliere, schreibe ich etwas dazu. Ich setze mich nicht geruhsam hin und rattere meinen Glückwunsch am Telefon runter. Nein. Ich suche mit Bedacht eine hübsche Karte aus und schreibe. Dabei bemühe ich mich um Lesbarkeit, was bei meiner Handschrift schwerfällt. Dann besorge ich Briefmarken – meist sind sie gerade ausgegangen –, begebe mich zur Post und sende den Glückwunsch so zeitig ab, dass er am Tag des Ereignisses ankommt.

Guten Freunden versuche ich mit einem Geschenk eine Freude zu machen. Was immer schwerer wird. Womit kann man in unserer Überfluss- und Wohlstandsgesellschaft eigentlich noch überraschen und Freude bereiten? Da ich gern lese, suche ich meist einen Buchladen auf. Ich versuche mir vorzustellen, was dem zu Beschenkenden wohl gefallen könnte. Aber da ich mich leider von meinem eigenen Geschmack leiten lasse, treffe ich bei der Auswahl oft nicht das Richtige. So ist es auch mit anderen Geschenken. Ganz betroffen bin ich, wenn ich ein von mir mit besonders viel Mühe und Sorgfalt ausgesuchtes Präsent auf dem

Gabentisch einer anderen Freundin wiederfinde. Es war wohl in der Truhe für Wandergeschenke aufbewahrt worden. Um ehrlich zu sein, ich habe auch so eine Truhe.

Jetzt steht der Weihnachtseinkaufsmarathon bevor und ich schlafe nicht mehr gut, weil ich doch alle »richtig« und nach ihrem Geschmack beschenken und ihnen somit Freude bereiten möchte. Vor Kurzem besuchte mich Lena. Wir waren beide zu einer Hochzeit eingeladen und ich stöhnte: »Was soll ich nur schenken? Ich mache mir schon seit Tagen Gedanken.«

Lena gehört einer jüngeren Generation an. Sie weiß immer, was in und trendy ist. Dauernd will sie mich zum Kauf von modischen Dingen überreden. Sie nennt es ein Must-have. Zuletzt überreichte sie mir einen Loop, das ist dieser zusammengenähte Rundschal, den man mehrmals um den Hals schlingen muss, wobei die Frisur anschließend immer ruiniert ist. Also, Lena guckte mich an und sagte nur: »Du kennst schon wieder den neuesten Trend nicht – Gutscheine!«

»Gutscheine?«, fragte ich.

»Ja, Gutscheine«, erwiderte sie. »Es gibt heute für alles Gutscheine. Für Wellnessoasen, Einkaufszentren, Buchläden, Parfümerien und, und, und. Aber jetzt kommt der neueste Trend. Ich war gestern bei meinem Arzt und da entdeckte ich folgendes Schild im Wartezimmer:

Geschenkgutschein

Einfach mal was anderes schenken.
Bei uns erhalten Sie jetzt auch
Geschenkgutscheine
für verschiedene
Vorsorgeuntersuchungen.
Sprechen Sie uns an.
Wir helfen Ihnen gern bei der Auswahl.

Sie holte kurz Luft, dann fuhr sie fort: »Eine andere Patientin erzählte, dass sie von ihrer Krankenkasse zum 55. Geburtstag einen Glückwunsch nebst Hinweis auf Übernahme einer Darmuntersuchung erhalten habe. Na ja, Darm mit Charme ist ja schon ein Buchbestseller geworden. Warum soll man dann nicht auch eine Darmuntersuchung als Geburtstagsgeschenk erhalten?«

Ich bekam meinen Mund nicht mehr zu. Ich war wirklich ein Fossil, ein menschlicher Dinosaurier. »Gutscheine …«, ächzte ich nur. Dann habe ich lange überlegt. Vielleicht hat Lena recht. Vielleicht sind Gutscheine wirklich ganz vernünftig. Mir erspart es Nachdenken und langes Aussuchen und das Weiterverschenken geht auch problemlos. Ich habe also damit begonnen; meine Nichten und Neffen erhalten Gutscheine für Hotels und Wellness, Freunde für Bücherläden und Parfümerien.

Sie bekommen jetzt alle etwas nach ihrem Geschmack. Ja, man muss mit der Zeit gehen. Aber Gutscheine für Vorsorgeuntersuchungen werde ich nicht verschenken. Nie, nie, nie!